COLLECTION
FOLIO DOCUMENTS

Ted Stanger

# Sacrés fonctionnaires !

## Un Américain face à notre bureaucratie

Gallimard

*Éditions Michalon, 2006.*

*Pour A.*

## *En guise d'introduction*

Chers Français,

Arrivé il y a une douzaine d'années sur vos rivages, je comptais poser ma valise pour jouir de la vie dans la nation la plus civilisée du monde. En cela, je ne fus pas déçu.

Mais bien vite, je me rendis compte de l'existence d'une espèce de « taxe » qu'il fallait payer pour vivre parmi vous : l'administration à la française. Imaginez mon désarroi, venant du pays le moins bureaucratisé du monde, l'Amérique (où l'on n'a même pas de carte d'identité), pour m'installer dans celui qui se vante d'être le plus étatisé. Tout est codifié, contrôlé et réglé dans votre pays. Sauf les horloges.

Même sur les pare-brise de vos voitures, on constate un niveau de bureaucratisation inégalé ailleurs sur le continent, et inimaginable outre-Atlantique. Une bonne demi-douzaine de documents peuvent y être collés : la pastille verte, le certificat d'assurance, le contrôle technique, la vignette (supprimée uniquement pour les particuliers) et, dans le cas de Paris, le certificat de parking résidentiel, sans oublier l'attestation de l'horodateur. Et j'en passe (les PV, notamment).

Vous, les *French*, vous êtes une nation sous l'emprise des fonctionnaires, qu'ils soient d'en haut ou d'en bas. Pas surprenant que vous soyez tous, sans exception, des spécialistes des démarches bureaucratiques, des licenciés ès dossiers, des fidèles du guichet, des remplisseurs de formulaires, des « cocheurs » de cases.

Votre République se veut laïque, mais je trouve qu'en un sens, le peuple français est le plus croyant au monde. Ici, le Dieu des chrétiens est remplacé par le culte de l'État, la Bible par le Code civil, et les cathédrales par les ministères. De nos jours, le Français moyen pénètre dans une administration avec une révérence égale à celle de ses très lointains aïeux entrant dans leur église. Le parchemin du moine a cédé sa place à la paperasse de Courteline.

Et puis, parmi les plus célèbres bureaucraties de l'histoire — les mandarins en Chine impériale, la Curie au Vatican, les commis de la Royal Navy, les magistrats de l'Uffizi à Florence, le Raj en Inde, sans oublier la police du shérif « Big Jim » Karnes à Columbus dans l'Ohio — il existe une différence essentielle avec la puissante fonction publique française : la taille !

Franchement, votre fonction publique est si énorme qu'elle fait même figure de point cardinal. À Rennes, à la jonction de la rue Saint-Hélier et de l'avenue Janvier, une pancarte propose aux automobilistes trois grandes destinations : « Centre Nord », « Centre Sud » et « Sécurité sociale ».

Bien sûr, certains parmi vous reprochent à la bureaucratie sa boulimie. À l'annonce que presque 75 % du budget de l'État, hors intérêts de la dette, sont désormais consacrés aux salaires et aux retraites des fonctionnaires, les angoissés de la dette publique et autres cassandres crient au danger. En revanche, le syndicaliste français, ferme défenseur du « service public », remarque uniquement les 25 % qui restent encore à conquérir.

Les Français subissent la lourdeur de leur bureaucratie comme mes concitoyens de l'Ohio, la pesanteur de leur cuisine, parce qu'ils n'ont jamais connu autre chose. Vous êtes les plus administrés du monde libre, et vous en redemandez encore. Sauf pour les radars. La fonction publique, c'est votre drogue, et les serviteurs de l'État vos dealers. En tout cas, vous considérez qu'une grande bureaucratie est aussi inévitable que le nez au milieu de la figure. L'Américain de Columbus, que je suis, peut voir les choses autrement.

Il existe trois petites phrases qui tranquillisent tout Français : « mis en bouteille au château », « code bon » et « pris en charge par la Sécu ». Le Gaulois s'agrippe à son État providence comme un bambin aux jupes de sa mère. Et même en déplacement, l'enseigne bleu et rouge du Trésor public ou la jaune et bleu de La Poste lui rappellent que la nation est une et indivisible. Si ce n'était pas pour une perception qui s'étend au-delà du tombeau, ça en serait touchant.

En outre, la fonction publique s'est toujours montrée assez astucieuse pour s'associer à la grandeur de la France. Une excellente idée dans l'Hexagone. Ainsi, le viaduc de Millau ouvre juste à temps pour effacer le souvenir du terminal Charles-de-Gaulle 2 E et les errances du *Clemenceau.* Et demain, pour nous faire oublier l'immobilisme de la classe politique, ce sera le tunnel Lyon-Turin ?

Et puis, le lobbying des fonctionnaires est sans fin. Avec des slogans comme « Halte au communisme ! » ou « Armes de destruction massive ! » on nous a entraînés, nous les Américains naïfs, dans les aventures du Vietnam et ensuite en Irak. Avec le cri de ralliement « Service public ! », on convainc les Français de financer une légion bureaucratique bien plus nombreuse — et coûteuse — que la Grande Armée de Napoléon et les poilus de 14-18 réunis.

Heureusement, les courageux élus de votre pays se fixent pour objectif de « dégraisser » la fonction publique. Comme l'obèse songe à faire un régime : demain. En vérité, il est plus facile de donner un carton rouge à l'OM au stade Vélodrome que de réduire le nombre de serviteurs de l'État. J'ai l'impression, étant donné la sensibilité du sujet (plusieurs amis français m'ont conseillé d'en choisir un autre pour mon livre), qu'une vraie réforme de la fonction publique serait la grande absente du débat des prochaines élections.

Une question ou deux de la part d'un Américain, originaire de Columbus et qui aime bien vous ausculter.

Dans la grande guerre de notre époque mondialisée, celle du néolibéralisme des Américains contre le néoprotectionnisme des Français, est-ce que la fonction publique est bien formée pour jouer les fantassins de la République, pour éviter que vos Valmy ne deviennent des Sedan ? Ou en sera-t-elle le maillon faible en plombant vos finances, en sapant votre créativité, en vous rendant moins compétitifs qu'autrui ? Êtes-vous condamnés comme Sisyphe à rester toujours « exceptionnels », à préférer avoir tort avec les fonctionnaires plutôt que raison avec les libéraux ?

Quoi qu'il en soit, la fonction publique appartient incontestablement à votre patrimoine, autant que le Louvre et le Mont-Saint-Michel. Depuis deux siècles, on parle à l'étranger de *french wine*, du *french lover* et, moins positivement, de *french bureaucracy*. Vous avez même enrichi le vocabulaire anglo-saxon avec ce mot *« bureaucracy »* — l'un des deux grands cadeaux de la civilisation française du XVIII^e^ siècle, l'autre étant bien entendu *« sadism »*.

Pour ces contributions, permettez-moi, au nom de mes compatriotes, de vous remercier.

# I

## *Enfer et administrations*

Séduit par les chansons de Gainsbourg et les blagues de Coluche, vos illustres morts, je me faisais une certaine idée de la France, une idée d'ailleurs confirmée par de nombreuses visites touristiques. Chez vous, le pain avait meilleur goût, les femmes semblaient plus attirantes, les cinémas plus nombreux, les kiosques regorgeaient d'idées, les rues et les avenues étaient plus chargées d'histoire, et même le Français lambda me paraissait plus spirituel, léger et informé. Le pays idéal, quoi. C'est ainsi qu'un rêve se forma dans ma tête d'Américain francophile (peut-être le dernier de l'espèce) : résider dans le pays des Gaulois.

Pour qu'un jour mon employeur, *Newsweek*, accepte de me muter à Paris, je me suis fait correspondant de guerre, sans jamais refuser un conflit. Résultat : on m'a tiré dessus en Bosnie, on a tenté de me kidnapper au Liban, on m'a lancé des pierres en Palestine, on m'a envoyé des obus sur la tête en Irak (et heureusement, on m'a toujours raté) — tout cela pour vivre en France. J'enviais ces Français « de souche » qui y habitaient par la seule justification de leur naissance. Dans mon cas, il fallait que je mérite de vivre dans l'Hexagone. Dur dur.

Mais cela valait la peine, car je me voyais un jour installé dans un quartier rive gauche de la capitale (l'ambassade américaine confisque le passeport des ressortissants vivant ailleurs, à l'exception de Neuilly-sur-Seine). Le matin, je descendrais acheter ma baguette et prendre un petit noir dans le café du coin, où je discuterais des œuvres de Bourdieu avec mes voisins de zinc. Après le déjeuner, je me rendrais chez le vendeur de journaux qui, lui, aurait des idées lumineuses sur la politique. Puis, ce serait un verre avec une copine du genre bas-bleu romancière manquée au *Café de Flore*. Le soir, je terminerais par un dîner sympa suivi d'un bon petit film d'auteur dans lequel il ne se passe absolument rien.

Et tous les jours j'aurais du temps pour la lecture, chose impossible quand on passe sa vie professionnelle sur les champs de bataille. Un correspondant de guerre est surtout un technicien : il sait distinguer les hélicos de combat, préciser le rayon d'action d'un lance-roquettes et se jeter à terre pour éviter des projectiles *incoming*. Mais comme les guerres modernes se déroulent rarement dans les pays les plus civilisés, il a des lacunes en philo, en lettres ou en théories politiques. La vie en France, capitale de la culture, allait faire de moi une autre personne.

Ce doux rêve de Paris (pas de Miss Hilton mais de l'autre) devint enfin réalité, il y a une douzaine d'années, lorsque mon employeur me nomma au poste convoité de chef de bureau dans la capitale française. « Mission accomplie ! » dirait George Bush, dans un tout autre contexte.

C'est alors que les choses ont commencé à déraper. Après quelques mois dans l'Hexagone, je me rendis compte que mon travail de journaliste passait au deuxième plan, comme un hobby, et je compris pourquoi les Français sont les premiers utilisateurs en Europe d'antidépresseurs : être « en règle » avec vos bureaucrates (et le rester) rend dingue. Je saisis aussi pourquoi dans l'Hexagone, on travaille moins de 1 450 heures par an (contre 1 860 chez nous) : pour vouer son temps libre aux problèmes administratifs, ce que je me refusais à faire.

C'est vrai qu'un ressortissant de Columbus, dans l'Ohio, est allergique à la vie administrative à la française. Nous ne pigeons pas pourquoi il faut justifier de son adresse ou prouver son identité. En plus, nous les Américains sommes nuls quand il faut « construire » un dossier administratif, un exercice dans lequel les Français excellent. À Columbus, après avoir payé les factures, on les jette à la poubelle. Le seul document qui compte, c'est le permis de conduire que tout le monde acquiert à l'âge de 16 ans et sans lequel il est impossible de vivre dans mon pays. Seuls les malades mentaux et les New-Yorkais n'en ont pas.

La France et ce que Luigi Barzini appelait « sa bureaucratie tentaculaire » me bluffaient. Allez, une confession : pendant les années 90, j'ai fini par vivre ici comme un sans-papiers, tout simplement. Mon horreur de votre paperasse était telle que je préférais exister officieusement plutôt que de passer des journées et des heures à me régulariser. Habiter en France comme sans-papiers n'est pas si difficile à condition de ne pas avoir la peau trop foncée ou les yeux bridés. Je me fichais des formalités. J'ai pu pratiquer le journalisme pour *Newsweek* sans titre de séjour (et sans carte de presse, qui n'existe pas chez nous, non plus), car si vous téléphonez à un homme politique en France, il ne se soucie que du tirage de votre publication.

Certes, il fallait parfois que je réalise de petites prouesses : pour acheter une voiture, par exemple, il convenait de fournir à la préfecture une lettre pour donner la date de ma dernière entrée en France. Mais EDF se contentait d'un contrat de location et France Télécom me faisait confiance si j'avais un contrat EDF. Quant à votre État providence, je vivais en parallèle, sans en profiter bien sûr. Et sans compte bancaire. Tout allait à peu près bien pendant cette période où, comme l'abbé Sieyès, j'ai vécu.

L'idylle se termina quand, il y a cinq ans, j'ai décidé de me mettre en règle. J'avais la cinquantaine bien entamée, et il était temps d'arrêter cette existence d'extraterrestre administratif au pays de la TIPP flottante. Je ne parlerai pas des problèmes bureaucratiques de l'immigration et des mille et une façons mises à disposition des employés d'une préfecture pour traiter des gens comme du bétail parce qu'ils sont nés ailleurs et ont un accent. Ces pratiques indignes sont les mêmes dans bien des pays, y compris le mien et son fameux calvaire de la *green card* (carte verte), et, en cela, la France n'a malheureusement rien d'exceptionnel.

Depuis ce choix fatidique, tout a changé pour moi. Ma vie n'est plus qu'un petit enfer. Mon vrai nouveau métier en France, c'est d'être un administré, parmi soixante millions d'autres. Je passe maintenant du temps à attendre aux guichets, à remplir des formulaires et surtout — SURTOUT — à me renseigner auprès des fonctionnaires car votre bureaucratie est comme un sudoku géant. Un jour sans bureaucratie, c'est aussi rare qu'une photo officielle de Mitterrand sans livre à la main.

Désormais, à chaque jour sa peine administrative. Dois-je me faire mensualiser ou pas ? Me reste-t-il assez de RIB, qui me filent entre les mains comme des billets de banque ? Quelle assurance complémentaire choisir ? Puis-je rénover la cuisine en loi Malraux pour minorer l'impôt ? Et le « Borloo populaire » ? Le prêt conventionné (PC) ou le prêt accession sociale (PAS) ? Et le ticket modérateur ? Même si je n'ai plus d'enfant scolarisé, je suis impliqué dans les querelles et angoisses de l'Éducation nationale : suis-je en zone

A, B ou C ? Cela me concerne, ne serait-ce que pour les possibilités de stationnement dans les rues de Paris pendant les vacances scolaires. S'assurer que l'on n'est pas en train de rater une échéance bureaucratique est un travail de chaque heure. Et partout ces sigles, qui ne sont que les signes cabalistiques des fonctionnaires : APA, RMI, Assedic, PEP, Urssaf, IR, APL, ISF, Lolf, PEL, Cosla. Je ne suis pas Champollion, moi !

En outre, une vigilance non-stop s'impose. Une année, la taxe d'habitation n'arriva jamais, mais c'était mon problème. Lorsque les fonctionnaires se réveillent, c'est avec une vengeance toute biblique. Je dois veiller sur mon compte en banque comme un fermier protège son poulailler des renards. Une autorisation de prélèvement, c'est comme un pistolet chargé. Je deviens un consommateur étatisé : je n'achète des fringues que pendant les semaines de soldes, choisies par des fonctionnaires. Quand le taux d'intérêt du Livret A baisse, je déprime et évite les boutiques, comme le reste du pays. Quand le taux monte, par contre, je surconsomme et finis par m'endetter.

Avant d'arriver en France, je m'étais promis de lire tout Proust en VO, un exploit hors de portée pour la plupart des originaires de Columbus. Mais ce but glisse peu à peu vers un avenir lointain car je préfère le dernier numéro de *Dossier familial*. Prenant mon petit déjeuner, j'apprends que « les dividendes encaissés hors PEA quand ils dépassent un abattement qui vient d'être généreusement relevé de 25 % (de 1 220 à 1 525 euros) sont en partie soumis à l'impôt sur le revenu ». Suis-je concerné ? Chaque jour qui passe j'ai l'impression de rater une allocation de l'État dont profitent les autres. « Avez-vous droit au CI-RMA ? » me demande un type. J'en ai le sommeil troublé. Il est plus facile de naviguer dans l'océan des tarifs de téléphones portables que dans le marigot étatique.

La Caisse nationale d'assurance vieillesse (Cnav) me contacte par courrier. Ils veulent en savoir davantage sur moi. Hélas, la lettre se perd provisoirement, trois autres lui succèdent, chacune comportant un numéro de dossier différent et deux secteurs distincts, le 2015 et le 2145. J'imagine cette grande caisse comme l'usine de *Charlie et la chocolaterie :* un fonctionnaire « oompa-loompa » éternue et mon dossier se perd. Cette histoire me dévore plus de temps qu'il n'en fallut à Mozart pour composer son *Requiem,* une œuvre fantastique que j'écoutais, il y a peu, un soir chez moi quand tout à coup, j'ai sursauté : le tiers provisionnel, c'est pour demain !

Et partout des rappels administratifs. Quand je demande un reçu au guichet de La Poste, je lis sur ce papier : « La Poste vous remercie de votre visite. À bientôt. Ce reçu ne vaut pas facture. » Fallait-il demander une facture ? Même la porte d'entrée de mon club de tennis, le Cercle athlétique de Montrouge, affiche un avertissement solennel : « Réservé aux sociétaires à jour des cotisations ». Seul répit : pendant trois ou quatre jours, lorsque ma tête est envahie par le jingle du « 118218 ».

Ma transformation en *Homo administratus* s'est faite doucement, sans que je m'en aperçoive. Un jour, je me suis surpris en train de lire un document sur une aide possible. Moi, l'Américain fier de son indépendance et qui n'avait jamais touché la moindre allocation de sa vie. Le chacun pour soi américain est remplacé par le chacun pour moi français. En plus, je suis envahi par les documents. Des factures unijambistes (après expédition du talon) me causent des soucis, car elles ont tendance à s'incliner et à tomber de la chemise où je les range, pour les conserver pendant toute la durée de ma vie. Sur une étagère de mon bureau, les grands auteurs cèdent peu à peu leur place à des dossiers bourrés de factures et autres duplicata. Stendhal ne fait pas le poids face à la Sécu.

En prime, il faut constamment suivre l'actualité pour s'informer du moindre changement de règle et/ou de loi, comme les paysans scrutent l'horizon pour détecter des orages. De retour de vacances, je prends un taxi vers 8 heures du matin à Charles-de-Gaulle-Roissy. Arrivé sur le périphérique, je constate que le chauffeur reste toujours sur tarif « B », et très courtoisement je le lui fais remarquer.

« C'est "B" jusqu'à 10 heures, depuis un mois », me répond-il, sèchement.

Ah bon ? Je ne savais pas, peut-être parce que je n'ai pas lu les articles sur les tractations entre les fonctionnaires de la préfecture et les chauffeurs de taxi, pas plus que je ne lis *La Vie du rail.* Pour ce chauffeur de taxi, j'ai l'air d'un idiot.

Pourtant, j'avais goûté un peu les bas-fonds de la bureaucratie ailleurs dans le monde, pendant mes reportages. Les lenteurs d'une banque israélienne, les rites administratifs en Grèce hérités des Ottomans, les États policiers d'Europe de l'Est encore communiste où tout était interdit, le *dolce* chaos de l'Italie où tout était possible, et même ce lieu de perdition qui se nomme « le bureau des douanes » dans le port d'Alexandrie. Pourtant, rien, absolument rien, ne m'avait préparé à cette administration omniprésente qui vous colle à la peau pour la vie.

Mais cela pourrait être pire, notamment si j'étais jeune. Pour la première fois, je remercie le ciel d'avoir atteint un âge où les choix sont moins complexes, car comment peut-on naviguer dans le labyrinthe créé par votre État bureaucratique, avec ses trente-deux contrats de travail et ses dizaines de Deug, entre autres. Les hebdos promettent de révéler « les filières qui marchent » ou « les diplômes avec débouchés » (sous-entendu la majorité d'entre eux ne mène nulle part).

J'ai parfois le sentiment que les Français vivent en état de guerre civile, avec d'un côté les pro-fonctionnaires et de l'autre, leurs nombreux détracteurs.

« Les fonctionnaires, c'est la mort de la France, me dit Jean-Paul, copain anti-fonction publique, avant de se lancer, comme d'habitude, dans une petite leçon d'histoire qu'il conclut par :

— Normalement, les emplois de fonctionnaires devraient être réservés aux femmes et aux hommes de santé fragile. Le fait qu'ils soient accessibles à tous prive la France d'une part de ses ressources vitales.

— Sans la fonction publique, notre République serait en danger ! » proclame de son côté Emmanuel, cet ami prof de fac, qui considère que les États-Unis sont un pays sans logique administrative.

Vous les Français, on vous a jetés dans la marmite administrative à la naissance comme Obélix dans le chaudron de potion magique. Mais, pour moi, un simple Américain de l'Ohio, je vous garantis que cette vie est plus dure que celle de correspondant de guerre. Après quinze années ici, je n'ai toujours pas tous les bons réflexes.

Je deviens si administré, si habitué à signer des documents, des contrats, des formulaires, que l'autre jour, lorsqu'un lecteur m'a demandé une dédicace pour sa mère, j'ai ajouté par inadvertance pavlovienne les mots « lu et approuvé » avant ma signature. Le lecteur m'a regardé de travers.

Aujourd'hui, que me reste-t-il de ce désir de refaire ma vie et de m'épanouir dans une France cultivée, dans ce paradis des Arts et des Lettres, dans ce pays sans égal ?

Un nouveau rêve peut-être : le guichet unique !

# II

## *Tous fonctionnarisés ?*

Le recensement établit avec exactitude la quantité de citoyens dans ce pays, mais aucun comptage n'existe pour les serviteurs de l'État. Ce chiffre appartient aux énigmes de la vie en France, comme, par exemple, pourquoi les gens avec particule ne travaillent-ils jamais au Smic ou comment arrivez-vous à distinguer un bronzage Paris-Plage des autres ?

Peut-être que la République préfère le flou. Si on connaissait avec précision le nombre de fonctionnaires, l'effroi gagnerait les hémicycles et ébranlerait les chaumières. Pour chaque peuple, certaines vérités sont bonnes à garder au placard, comme le nombre de SDF avec CDI aux États-Unis ; le taux de pédérastie dans l'éducation privée en Angleterre ou encore, les exemplaires de *Mein Kampf* toujours cachés dans les greniers en Allemagne.

À mon avis, les estimations sur le nombre de fonctionnaires qu'on découvre de temps en temps dans la presse, autour de cinq millions, sont parfaitement futiles : vous êtes *tous* fonctionnaires. Et je ne plaisante pas, loin de là.

La vision des fonctionnaires, leur amour des procédures, leur légère méfiance du particulier, leur besoin de paperasserie... tout cela fait école dans le secteur privé, qui se comporte souvent comme une administration publique, ce que les étrangers ont du mal à comprendre.

Par exemple, à peine arrivé à Avignon par le TGV et ayant très faim, je tombe sur un bon petit restaurant rue Racine. Je redoute le pire, étant donné qu'il est 14 heures passées et que je sais que les provinciaux ne supportent pas les retardataires. Je n'ai pas tort. Entrant sur la pointe des pieds et avec une infinie douceur, je demande à la gérante s'il serait encore possible de déjeuner. « Ah, non ! » me lance la furie, comme si on m'avait surpris en plein vol de couverts. Je bats tout de suite en retraite pour me retrouver dans la rue.

C'est surtout le ton de sa voix qui m'a frappé. Cela aurait-il été si difficile de dire : « Je suis vraiment désolée, monsieur, mais... » ? Pour elle, comme pour un fonctionnaire, il appartient à l'administré de connaître la procédure et de la respecter. Ne croyez pas que cette gérante à Avignon m'a traité ainsi à cause de mon (léger) accent américain. Les Franco-Français ont droit au même régime : François Simon, chroniqueur culinaire du *Figaro* qui a osé demander une carafe d'eau dans un restaurant branché parisien constate : « Le client n'est pas roi. » Le client, c'est un administré qui mange.

Les touristes étrangers (pas seulement les Américains) trouvent souvent les Français peu accueillants. Ils prennent cela pour un manque de courtoisie, mais ils se trompent, ne comprenant pas que la mentalité de fonctionnaire s'insinue dans tous les métiers, même ceux où l'hospitalité devrait jouer son rôle. Comme un guichet, ce restaurant fermait à 14 heures.

Et puis, avec la paperasserie, on n'en finit jamais. Chaque année, dans une lettre qui me menace des pires supplices, mon syndic réclame l'attestation que ma résidence (en location) est bel et bien assurée. En Américain naïf, je lui envoie une photocopie de la facture de l'assureur, avec la mention « payé ». Idiot ! Une deuxième lettre arrive du même syndic pour me dire qu'il ne faudrait rien de moins qu'une a-t-t-e-s-t-a-t-i-o-n. Quand je téléphone à l'assureur, il n'est point surpris, et sous trois jours, je reçois le fameux document, que je glisse dans une enveloppe pour l'envoyer au syndic. Cinq timbres, cinq enveloppes, mais c'est fini. Pour cette année.

À moins de quitter le sol national, un Français n'a pas le droit de résilier sa relation avec la fonction publique même si c'est pour aller habiter au fin fond du Larzac. Dans le secteur privé, on cherche également à émuler cette notion de contrat à vie. Le site du journal *Le Monde* ne m'explique nullement comment je pourrais un jour me désabonner. Une police d'assurance à laquelle j'avais souscrit il y a quelques années ne permettait la résiliation qu'en cas de décès ou de perte d'emploi, avec preuve à l'appui. J'ai dû demander poliment, très poliment, le droit de m'en aller, qui me fut finalement accordé avec réticence. Quand j'ai résilié mon abonnement avec le câbleur Noos, j'ai dû inventer une raison fictive pour les calmer : le retour dans mon pays d'origine. Et on m'a raconté l'histoire d'une Française qui a été obligée de se faire pistonner pour divorcer de son opérateur de mobile, SFR.

Ayant plus confiance dans les multinationales françaises que dans le Livret A, dont le taux d'intérêt autour de 2 % n'est qu'un coup d'État permanent sur mes économies, je décide d'ouvrir un compte à la Bourse, un acte qui confirme pour certains de mes amis mes tendances antisociales et propatronales. Mais pour cela, il faut franchir des obstacles administratifs, ce qui m'étonne parce qu'il s'agit du secteur privé, « du cerveau du monstre » capitaliste, comme disait Guevara. Paradoxe : c'est moi qui confie mon fric à cette agence, mais ce sont eux qui se méfient. Je dois prouver mon identité et prouver que j'habite bien où j'habite. Pourquoi ? Peut-être craignent-ils un blanchiment d'argent ? Ou de l'argent volé à des retraités ? Pourtant, je ne verse pas de liasses, indication d'un vol à main armée. Mon argent va paisiblement transiter par chèque de mon compte en banque au compte du courtier. À moins qu'ils ne redoutent une tentative de dissimulation des revenus au fisc ? Dans ce cas, ce n'est pas à Paris que j'ouvrirais un compte mais au Luxembourg, chez Clearstream.

« Je n'en sais rien, me confie la directrice qui s'occupe de mon compte. C'est comme ça. On est obligé de vous demander quelques documents. »

Je n'insiste pas, car la pauvre dame a autre chose à faire. Je suis probablement victime de ma culture yankee : ouvrez un compte à Columbus avec une adresse au pôle Nord ou au Kremlin, aucune importance. Le directeur vous accueillera chaleureusement, avec en cadeau de bienvenue, au choix, un grille-pain ou un Beretta P × 4.

On entend souvent ces mots : « on est obligé ». Certes, il existe une législation rédigée par des hauts fonctionnaires, mais je soupçonne le secteur privé d'imiter l'État de son plein gré.

Je me rends chez mon vendeur de journaux, M. Hervé, pour prendre une carte Nomade pour mon portable. Hélas, il n'en a plus, car le fournisseur a changé. Le nouveau, Altadis, exige que M. Hervé lui envoie une attestation de son inscription au registre du commerce, ce qui coûterait à mon commerçant deux bonnes heures pour se rendre dans un autre quartier, faire la queue et revenir — sans parler des frais à payer pour l'attestation. Pourquoi une société désormais privée agit-elle toujours comme une administration ?

« Parce qu'on veut être certain que je suis commerçant », m'explique M. Hervé, d'un ton résigné

Ou plutôt parce que la bureaucratisation est entrée dans les mœurs. En tout cas, le commerçant n'est pas résigné à coopérer, puisqu'il est là depuis des années et avait travaillé avec le fournisseur précédent. Après quelques semaines d'obstination, Altadis a fini par céder et lui a livré les cartes sans présentation de l'attestation. Cette « obligation » n'en était pas une, c'était seulement un petit plus de paperasserie.

Pour le boulot, l'État sert de modèle. Partout. Pour ces malheureux Français qui n'ont pas décroché de poste de fonctionnaire, un mensuel identifie gentiment les employeurs du privé où les conditions de travail se rapprochent le plus du public : par exemple, le Crédit agricole avec ses 47 jours de congés par an ou la Macif qui propose une semaine de 31,5 heures. Les entreprises publiques restent tout de même un idéal. « L'État a voulu en faire un exemple, c'est réussi », dit *Capital.* Sans parler de la loi Aubry, qui n'était rien d'autre qu'une tentative pour accorder à tout le monde les heures de travail des bureaucrates (ou presque).

Autre ironie : les Français sont le peuple le plus polyvalent que j'ai rencontré, par leur esprit, leurs choix culturels, leur ouverture à la gastronomie internationale, et même dans leurs câlins amoureux. Mais sur le lieu du travail, l'État des fonctionnaires a su imposer un autre standard : une monocompétence qui rend tout changement à mi-carrière plus dangereux qu'un saut dans le vide sans parachute. Beaucoup de gens sont choqués lorsque la poste d'un village se met à vendre des baguettes. Pour les Français, un fonctionnaire ne sait faire qu'une chose, et cela toute sa vie. Vous vous souvenez de la grogne à France Télécom privatisée quand on a demandé aux employés (à vie) d'apprendre de nouveaux talents ? C'est comme si on leur avait proposé un millésime château-phylloxéra.

La fonction publique sert également de référence à tous les Français en matière de farniente. Est-ce vraiment une coïncidence si Corinne Maier, auteur du best-seller *Bonjour paresse* qui a fait un tabac parmi les cadres du secteur privé, travaillait pour EDF ? Elle montrait le « bon » exemple étatique.

Qui veut de la protection de la loi Fillon, une tentative pour éviter à la nation le gaspillage qui consiste à voir des employés, surtout des cadres ayant reçu vingt ans d'éducation aux frais des contribuables, partir tôt avec leurs compétences, leurs savoirs et leurs talents après seulement trois décennies de vie professionnelle ? En tout cas pas les employés d'Hewlett Packard, qui souhaiteraient copier les fonctionnaires. Quand cette entreprise américaine annonça la suppression de 950 emplois, la presse poussa une clameur d'indignation. Mais, parmi certaines futures « victimes » de ce plan social, le ton fut presque jubilatoire car les préretraites qu'on leur proposait oscillaient entre 74 % et 90 % de leur salaire, et cela à partir de 52 ans. Aux syndicalistes qui proposaient de se « battre » en invoquant Fillon pour garder leurs emplois, les anciens ont répondu « Non, merci ! »

Ce lien parfois inconscient avec la fonction publique est tout naturel quand on songe à la dépendance économique de nombreux Français vis-à-vis de leurs administrations. La moitié des départements vivent des revenus de redistribution. Et la tendance est vers un toujours « plus de fonctionnaires dans la vie de tous ». Martine Aubry, la « madone des 35 heures », propose aujourd'hui une « refonte » des aides qu'elle appelle EVA, pour « Entrée dans la vie active ». Cette nouveauté, bénie par le Parti socialiste, aurait pour conséquence de transformer chaque jeune en un dépendant de la fonction publique : fini l'assujettissement familial avec présence obligatoire au repas du dimanche. Chaque jeune aura son « parrain » d'État pour assurer son suivi. Coût du projet : *unknown.*

Friands d'administration depuis le berceau, les Français en réclament en partie parce qu'ils se méfient de leurs concitoyens. Mon ami Jacques constate que dans son immeuble, il n'y a que six copropriétaires, mais ils doivent recourir à un administrateur professionnel, un syndic, pour gérer les charges. Dans bien d'autres pays, ce métier n'existe pas et c'est aux propriétaires d'assumer cette fonction à tour de rôle. Or, le syndic bénévole est exceptionnel au royaume de la bureaucratie.

« Cela n'a pas de sens. Le budget annuel de la copropriété est de 15 000 euros, dont 30 % pour le syndic. Ce serait tellement moins cher de gérer nous-mêmes, mais non ! »

Les Français voient leurs fonctionnaires un peu comme des arbitres, sans lesquels la partie serait truquée, ou des tuteurs parce qu'ils ont l'impression d'être tous un peu irresponsables.

Hélas, cette dernière réflexion ne me console pas vraiment de ce déjeuner raté dans un bon resto d'Avignon. Figurez-vous qu'au pays de la gastronomie, j'ai dû me rabattre sur un McDo. Comme à Columbus.

# III

## *Où je me retrouve en mauvaise imposition*

Un Américain n'a absolument pas le droit de se moquer du fisc français, puisque notre propre impôt sur le revenu est notoirement complexe. Une déclaration outre-Atlantique peut, en effet, s'avérer aussi concise que l'Ancien Testament, et notre code fiscal encore moins compréhensible qu'un Éric Cantona ou un Jacques Santini lorsque ceux-ci se mettent, par malheur, à s'exprimer en anglais. Attention, je n'ai rien contre le football français, non plus.

Pour revenir à la fiscalité de l'Hexagone, j'ai commencé par avoir quelques légères appréhensions avant ma toute première déclaration. À cause de quelques anecdotes que j'avais entendues, en particulier celles sur l'invraisemblable calvaire de notables tels Françoise Sagan, Claude François, Florent Pagny ou Michel Polnareff — tous de *bons* Français pourtant. Le dernier de cette liste, Polnareff, a même préféré s'exiler à Los Angeles plutôt que de donner satisfaction à son percepteur. Il faut que cela soit grave pour qu'un Français élise domicile dans une ville américaine, où l'on sirote un languedoc de table avec le même plaisir qu'un château-pétrus.

J'ai fini par relativiser, voyant même dans votre fiscalité lourde un certain bénéfice culturel. En effet, de grands créatifs français, Johnny Hallyday parmi d'autres, font des carrières interminables afin de régler leur tiers provisionnel. Cela donne sa vraie dimension à la tragédie artistique d'un Hervé Vilard qui n'a jamais trouvé de deuxième « tube » pour pouvoir payer les impôts de *Capri, c'est fini.* Ne devrait-on pas obliger les artistes à se mensualiser ?

La peur du fisc me fait trembler, car en France, terre des droits de l'homme, on n'a aucun recours face à ce « machin ». Si Jean d'Ormesson vient d'échapper à un contrôle fiscal pour les 16 millions d'euros que lui et sa femme (héritière des sucres Béghin) posséderaient en Suisse sans les avoir déclarés, moi je n'ai ni particule ni avocat payé 2 000 euros l'heure pour assurer ma défense. À l'inverse, le psychanalyste Jacques-Alain Miller, gendre de Lacan, n'est pas parvenu à esquiver un contrôle fiscal « approfondi » dénommé « examen contradictoire de l'ensemble de la situation fiscale personnelle » (ESFP), l'équivalent contemporain de la peste noire. Selon la presse parisienne qui ne boude pas son plaisir de raconter cette mésaventure, il aurait accepté des règlements en liquide pour des consultations. Pourtant, le bon docteur Freud lui-même avait bien expliqué que le patient devait payer avec des billets de banque pour mieux se sentir impliqué dans l'analyse.

Plus proche de moi, il y a l'histoire qu'un ami travaillant dans les assurances m'a racontée. Celui-ci aidait son fils, encore étudiant, à payer son loyer et avait demandé une déduction pour cette pension alimentaire, déduction qui lui fut accordée. Mais le fils, néophyte en matière fiscale et probablement usager d'un haschich trop performant, négligea de déclarer cette somme, estimant que de toute façon il n'était pas imposable avec ses petits jobs d'été. Erreur ! Le fisc lui est tombé dessus et lui a supprimé la déduction de 20 %. Résultat : le fiston devait régler plus de 500 euros d'impôts, nécessitant une nouvelle aide de son père !

La fin du mois de mars approchant, je commence désespérément à chercher un moyen pour réduire ma facture fiscale, en toute légalité bien entendu. Par hasard, j'avais croisé, un jour lors d'un cocktail, un ami, Laurent, qui écrivait des livres, entre autres activités. Un Français plutôt exceptionnel car il était le seul à cette « drinkerie » à ne pas porter de noir et à ne pas voir d'inconvénient à parler fric. Quelque part, on peut dire que ses parents ont failli dans leur devoir d'éducation.

« C'est vachement facile si tu es auteur, me dit-il. Tu te déclares en BNC et tu adhères à un centre de gestion agréé. Et là, c'est super parce que avec un cinquième de la population en Île-de-France, les contrôles du fisc sont rares. Je suis aux BNC depuis 1997 et je n'ai jamais eu un contrôle. Tu vois ? »

BNC ? Centre de gestion ? J'ai la tête qui tourne, et ce n'est pas à cause de mon verre à la main. Laurent poursuit en me brossant un rapide profil psychologique de l'impôt sur le revenu en France.

« Les fonctionnaires du fisc sont des salariés et pour eux, toutes les professions libérales sont des voleurs et des resquilleurs. Du coup, ils nous font payer un max. À toi de ne pas te laisser faire. Si tu déclares en précontrôle, tu peux déduire 30 % pour frais professionnels, tes frais de véhicule, repas, voyages, à condition de ne pas aller dans les Caraïbes cinq fois par an. Ça, ça peut faire des jaloux. Sinon, tu peux vivre comme un roi, je t'assure ! »

Subitement, je commence à voir les choses autrement, inspiré par le tableau des deux France tel que Laurent me l'a dressé : d'un côté, il y a les pauvres salariés qui triment dur, paient leurs impôts et partent humblement en congés payés ; et de l'autre, il y a les professions libérales qui, grâce à ce truc qu'on appelle « BNC », vont souper chez *Lipp*, peuvent s'offrir des Vuitton et se font photographier pour la page VIP de *Paris-Match*. Cette semaine d'ailleurs, on y découvre Michel Boujenah et une copine décolletée et glamour avec la légende : « Michel Boujenah et une amie ». Si je passe aux BNC et si je me déclare en précontrôle, ça sera peut-être bientôt : « Ted Stanger et une amie » !

Le kit du centre de gestion agréé que me conseille Laurent arrive dans ma boîte aux lettres deux jours plus tard, car nous sommes exceptionnellement dans une période sans grève dans mon centre de tri marxiste-léniniste. Première déception, les formulaires et le mode d'emploi pèsent l'équivalent du paquebot *France*. En plus, c'est écrit dans un idiome mégabureaucratique avec par exemple une page entière sur les « Règles particulières d'amortissement des véhicules non polluants ». Je n'ai jamais amorti quoi que ce soit de ma vie, à part mon premier mariage. Mais la cerise sur le gâteau, pour ainsi dire, c'est un panonceau en plastique avec deux bouts autocollants derrière à fixer sur mon lieu de travail : « Membre d'une association agréée par l'administration fiscale, acceptant à ce titre le règlement des honoraires par chèques libellés à son nom ».

J'ai tout balancé à la poubelle. Évidemment.

Mais ma curiosité pour les méandres de la fiscalité directe est attisée, et en lisant un peu, j'apprends que je peux choisir la déduction forfaitaire de 10 %, ouverte à tous, ou détailler mes frais à condition d'avoir conservé les reçus. On appelle cela des « frais réels », selon ma bible, *Le Particulier — spécial impôts sur le revenu*, qui précise même de manière très explicite : « Si le montant de vos frais professionnels dépasse le montant de la déduction forfaitaire, vous pouvez opter pour la déduction de vos frais réels ». C'est écrit noir sur blanc. Pas besoin des BNC, ni d'un comptable !

Une bonne nouvelle, car pour faire la promotion d'un livre, il faut se déplacer, voyager en train, en voiture, faire des conférences, inviter les journalistes à boire un verre ou à croquer un morceau (et ça a soif et faim en permanence, ces bêtes-là). Comme je suis novice en matière de fiscalité française, des amis me poussent néanmoins à consulter un spécialiste. Surtout Jean-Paul, cet ami qui en a marre que je lui demande des conseils que je finis par ne pas suivre.

Le fiscaliste, dont les bureaux sont installés dans un quartier huppé, a cette assurance de l'homme qui sait de quoi il parle. C'est un ancien fonctionnaire formé à l'École des impôts, dont j'apprends l'existence à cette occasion. L'homme est fier de son passé de fonctionnaire. Je suis entre de bonnes mains. Je me sens rassuré !

Je sors la feuille sur laquelle figurent — au centime près — mes frais réels pour l'année écoulée, espérant secrètement qu'il me félicitera pour mes talents d'organisation. Pas du tout ! Il me regarde comme si je débarquais du trou du cul de la France ou si j'avais hiberné pendant trente ans. Sans même regarder ma liste, il me lance :

« Les fonctionnaires des Impôts, ils sont allergiques aux frais réels. Vous allez vous contenter de la déduction forfaitaire de 10 %. »

J'esquisse une question, une protestation, mais il me coupe aussi sec la parole avec un « Tut, tut, tut... », comme s'il était Guillaume Durand dans *Campus* interrompant un invité qui ne veut plus se taire. M'indiquant la porte, il ajoute avec une certaine bonhomie :

« Vous savez, les impôts en France, cela coûte cher ! C'est comme cela qu'on montre notre solidarité ! »

Sur ce, il éclate de rire. Mais, c'est quoi ce type ? Un fiscaliste ou un agent double travaillant sur commission pour le compte des Impôts ?

« Il y a la logique et puis il y a la logique des fonctionnaires », tente de m'expliquer mon ami Jean-Paul, toujours très sibyllin lorsqu'il s'agit de la fonction publique.

À travers ses paroles, je sens bien que le fisc l'a fait souffrir par le passé et qu'il tente tant bien que mal de refouler ce souvenir douloureux.

Je ne supporte pas ce doute : ai-je le droit de déduire mes frais réels, comme indiqué dans *Le Particulier*, ou pas ? Ne trouvant aucune réponse définitive, ma vie va entièrement être consacrée à la brûlante question de ces satanés frais pendant toute cette période. Un pape va mourir, ainsi que le prince Rainier, le « non » gagne du terrain dans les sondages... qu'importe, je suis obsédé par ma déclaration.

Pour ne pas devenir fou, je me dis que cela pourrait être pire. Simple locataire et ne possédant pas de terrain sur l'île de Ré, je ne suis pas assujetti à l'ISF et à sa déclaration spécifique longue de dix-huit pages. C'est comme si on imposait à un condamné à mort de creuser son propre trou à l'aide d'un cure-dents.

Plus que quelques jours avant la fin mars. À la télévision, tous les présentateurs des infos égrènent le compte à rebours : « Plus que cinq jours pour envoyer votre déclaration… ! » Finalement, je me décide à aller consulter un agent du fisc, de toute urgence. Quoi de mieux que d'aller chercher la vraie vérité fiscale à sa source ?

J'arrive à l'Hôtel des Impôts vers 10 heures, et j'attends l'ascenseur pour monter au premier étage, la salle d'attente. Une dame d'une soixantaine d'années arrive après moi, et bien sûr je la laisse entrer dans l'ascenseur la première. À l'étage, elle sort aussi la première, erreur non négligeable de ma part car elle prend le ticket avant moi, et justement elle va passer une petite demi-heure avec la seule fonctionnaire disponible, pendant que j'attends. Finalement, j'abandonne pour cette fois.

Fallait-il oublier les règles de la galanterie dans un tel cas ?

« Dans les administrations, le sexe ne compte pas. On est tous des administrés. Tu es arrivé avant elle, tu quittes l'ascenseur avant elle », me conseille Jean-Paul fermement.

C'est exactement ce que je fis la fois suivante, bondissant de l'ascenseur comme un jaguar qui voit des élans, laissant toutes les dames derrière :

je ne suis plus un gentleman mais un administré français.

Deuxième visite, la salle d'attente est bondée comme un quai de la station Châtelet à 18 heures. Je tue le temps en feuilletant une plaquette qui a pour mission de donner une autre image du fisc et qui me promet « une déclaration des revenus simplifiée, ne comportant que 59 cases au lieu des 132 habituelles ». Je suis heureux de vivre dans une période à 59 cases.

L'agent qui finit par me recevoir est d'une gentillesse exemplaire, ce qui me rassure un peu, moi qui me voyais traité d'ennemi du peuple par un cosaque des Impôts comme on m'a si souvent décrit les hommes du percepteur. Les gens exagèrent ! L'homme est jeune, plutôt détendu, habillé *casual* en chemise et sweat-shirt et, en plus, il est compréhensif. Il me rappelle un peu mon médecin généraliste, le docteur Carré, qui semble toujours personnellement affecté quand je lui parle d'une nouvelle douleur.

« Je suis obligé pour la promotion de mes livres de voyager, voyez-vous... », expliquai-je au fonctionnaire qui ne m'a pas donné son nom, ni demandé le mien d'ailleurs.

En somme, nous sommes un peu comme deux étrangers dans un train, mais cet anonymat mutuel me convient pour l'instant, au cas où je devrais subitement battre en retraite.

« C'est normal, me répond-il.

— Et je travaille à la maison, j'utilise une pièce

comme bureau et je pensais qu'une partie du loyer serait déductible…

— Bien sûr, puisque vous y travaillez ! »

Quand je lui explique que j'ai, par exemple, dépensé telle somme en billets SNCF pour aller dans les salons du livre en province ou pour des séances de signatures, il me répond, en souriant :

« Bien sûr, c'est normal. »

Je commence à le trouver vraiment sympa, ce garçon. Je suis bien content d'avoir choisi la France comme pays de résidence.

Puis, confiant en notre collaboration (qui va pratiquement m'épargner un millier d'euros en impôts, grâce aux frais réels), je lui tends les feuillets qui détaillent la nature de ces frais et que j'avais préparés pour le fiscaliste. Ce jeune fonctionnaire ne pourra qu'être impressionné par le sérieux de mes calculs, et il verra en moi un contribuable modèle. Dans ma tête, je l'imagine même me féliciter : « Ah, monsieur Stanger, si tous les contribuables étaient comme vous… ! »

Mais la lecture du détail de mes frais réels dure plus longtemps que je ne l'imaginais. Beaucoup plus. Le percepteur digère la première page en deux minutes, passe à la deuxième pour l'examiner pendant trois longues minutes. Puis, consciencieux, il s'attaque à la troisième. Sur treize… Je ne m'attendais pas à un examen si exhaustif. Peut-être ai-je donné trop de détails ?

Je crois apercevoir sur le front de ce serviteur une petite ombre qui passe, comme s'il regardait les radios d'un cancéreux, ou la main courante d'un crime crapuleux. Et pourtant, je n'invente rien, même si je ressens partout en France une certaine ambiance de fraude fiscale. Un magazine pousse ses lecteurs à tricher — un peu —, conseillant : « Si vous êtes abonné à une offre Internet permettant de recevoir des chaînes sur votre ordinateur (et que vous ne disposez pas d'un vrai téléviseur), faites comme si vous ne les regardiez jamais. » Mais moi, en bon Anglo-Saxon, j'ai résisté à la tentation d'affabuler. Je vous le jure.

« Vous comptez déduire combien en tout pour vos frais réels ? » lance enfin l'agent du fisc. Le ton de sa voix a changé, il me semble. Il a l'air méfiant.

« Ça doit faire 20 %, plus ou moins. »

Je fais « gloups » en prononçant ce chiffre. Ce « 20 % » me paraît subitement énorme, disproportionné comme si j'étalais un train de vie à la Serge Dassault ou à la Ernest-Antoine Seillière.

« Vous déclarez 20 % de frais réels ! »

Suivent une vingtaine de minutes aussi pénibles qu'une intervention sur un canal dentaire au cours desquelles il me pose une série de questions, les yeux toujours rivés sur le détail.

« Le déjeuner du 24 mai, c'était aussi pour des raisons professionnelles ?

— Je ne me souviens pas de chaque repas, lui dis-je, mais j'ai gardé les justificatifs.

— Bien sûr, répond-il. Mais si je signale le 24 mai, c'est parce que vous avez payé presque 110 euros pour un seul repas, d'après votre liste.

— Peut-être était-ce avec un producteur de cinéma qui voulait me parler d'un projet… »

Je lui propose illico de chercher l'addition dans mes archives.

« Pas la peine. J'étais curieux de voir les prix pratiqués dans certains arrondissements, parce que moi quand je sors avec ma femme dîner dans un petit resto chinois dans notre banlieue, on ne dépense que 30 ou 35 euros maximum. Une fois par mois, on fait ça. Alors, un restaurant à presque 110 euros, c'est impressionnant, voilà tout. »

Lors des quelques secondes de silence le plus total qui suivent cette réflexion, je me vois déjà soumis au même genre de contrôle, un ESFP, que celui infligé au psychiatre Miller. Tout ça pour économiser quelques centimes en impôts ! Et puis, quelle bêtise, ce déjeuner à 110 euros ! Je n'avais qu'à me contenter d'un établissement à œufs durs-mayonnaise comme tout le monde.

« Vous me conseillez d'opter pour le 10 % forfaitaire ? lui dis-je.

— C'est moins risqué », réplique-t-il aussi sec.

En quittant l'Hôtel des Impôts, je respire l'oxygène dans la rue comme un homme libéré après quarante années passées à Fleury-Mérogis. Fini les BNC, le précontrôle, les frais réels, *Paris-Match*, les conseillers fiscaux, etc. Je suis presque soulagé de payer un max. Le fisc a gagné.

Quelques jours plus tard, je prends un verre avec Jean-Paul.

« Alors, ces frais réels ? me demande-t-il.

— Tu sais, payer nos impôts, c'est montrer notre solidarité. Les 10 %, ça me suffit. »

Après un bref instant, mon camarade me lance, goguenard :

« Encore un demi ? La solidarité, ça s'arrose ! »

## IV

## *Sacrés administrés !*

En France, un contribuable de base qui reverse chaque année l'équivalent de la *totalité* de ses revenus du 1er janvier au 15 juillet en impôts, taxes et cotisations, est capable de sortir de la clinique après une intervention sur ses hémorroïdes pour dire à tous : « C'est merveilleux notre Sécu, je n'ai rien payé de ma poche… »

Pire que les fonctionnaires, ça existe. Je parle, naturellement, de l'administré français, qui vit sur son nuage depuis plus d'un demi-siècle. Quelle autre explication possible pour quelqu'un qui pousse un grand soupir de soulagement quand l'État finit par boucher le trou de telle ou telle caisse, comme si ces crédits tombaient du ciel et non de sa propre bourse ?

Naturellement, cet administré est plutôt cancre en matière de finances. Son portefeuille d'investissements est un subtil dosage de PEA et de tirages du Keno, dont le taux de redistribution aux participants n'est que de 58 % et avec une chance sur 2,2 millions de gagner par tirage. La Bourse, en revanche, lui semble bien trop risquée, voire « manipulée ».

Le rapport de l'administré avec l'argent étant fragile, il est effrayé par l'idée du surendettement, sauf bien entendu de la part de l'État. La dernière « grande controverse » sur la dette nationale, et notamment la question de savoir s'il fallait oui ou non inclure dans le total les 900 milliards d'euros d'obligations à venir pour les retraites des fonctionnaires ? Complètement zappée par l'administré moyen car, pour lui, à part le prix du mètre carré, tout cela c'est de la science-fiction. Comme en plus, il aura toujours besoin, et ce jusqu'à son dernier souffle, de la colonne « équivalent en francs » sur son relevé de compte bancaire…

*Più bestia si muore*, comme disent les Italiens. Plus bête que ça, tu meurs.

Mal sevré du sein de sa mère, l'administré ne se sent sécurisé qu'en tenant un bulletin de salaire, par exemple, fermement entre les mains. Du papier ! Son existence dépend des fonctionnaires qui lui en font parvenir. Lorsque le ministère de l'Intérieur, par mesure d'économie, a supprimé l'envoi des cartes d'électeur aux nouveaux inscrits en 2006 (une année sans élection aucune), un véritable tollé en résulta. Une omission « extrêmement dommageable », accusa Jean-Luc Laurent, maire du Kremlin-Bicêtre, pensant sans doute aux séances de psychiatrie que la Sécu serait obligée de rembourser.

Et un brin hypocrite en plus, cet administré. Alors qu'il rouspète sans cesse contre la « paperasse » des administrations, le Français crée néanmoins sa propre montagne de papiers en produisant, par exemple, neuf fois plus de chèques bancaires chaque année qu'un Anglais, y compris pour des sommes ridiculement minuscules comme ces neuf euros qui ralentissent mortellement la queue à la caisse de mon Franprix. Mais faire un chèque est un dénominateur social dans l'Hexagone : dans un grand magasin, savoir écrire « Quatre-vingt-treize euros et soixante-dix-sept centimes » situe son auteur parmi les plus grands érudits de la nation. Payer en espèces, c'est un peu populo, sans parler de l'aspect immoral de ce comportement selon les enseignements de la sainte Église. Beurk, du *cash* !

Par nature, un Français aime rouspéter, mais il ne proteste que mièvrement contre ses administrations. À part *Messieurs les ronds-de-cuir* de Courteline, ils sont peu nombreux dans les arts et lettres à oser tancer les bureaucrates : Anatole France se moque de l'amour des formulaires dans *Le Crime de Sylvestre Bonnard ;* on trouve un chapitre savoureux dans *Belle du Seigneur* d'Albert Cohen ; les spectateurs gloussent savamment quand Cédric Klapisch inonde l'écran de documents requis pour une bourse dans *L'Auberge espagnole.* C'est à peu près tout.

Faut-il y voir, à l'échelle nationale, une manifestation du syndrome de Stockholm : les administrés en France ont appris à épouser la vision de leurs bourreaux ? Se soumettre à l'autorité des fonctionnaires et des règles qu'ils ont mises en place sert de définition moderne à « francitude ». L'acquisition de la nationalité française, par exemple, est un acte purement administratif, sans obligation de connaissance de l'histoire du pays ou de sa Constitution, à l'inverse d'autres pays. Être français, c'est faire un dossier et être administré, et *vice versa.* Un Français qui vient d'expédier une lettre recommandée dort tout de même mieux la nuit, non ?

En revanche, l'administré reste un mineur à vie puisque les administrations sont un labyrinthe si difficilement accessible que l'on s'y perd sans guide, comme dans les ruelles de Fès ou dans la Casbah d'Alger. Les employés du « 39 39 », le numéro d'aide pour administrés, racontent leur grande difficulté à traduire le langage des simples citoyens en termes de fonctionnaires car ces deux groupes n'utilisent pas le même français. « Personne ne parle *d'acte de filiation* dans la vie », explique la téléconseillère Corinne, interviewée dans les pages du *Figaro.* Des millions d'appels ont été reçus depuis 2004, et souvent les usagers restent « brouillons » dans leurs demandes. Si certains savent naviguer entre les guichets, la majorité des Français y vont à tâtons.

« Ils vous donnent un numéro et ça ne rentre même pas dans les cases ! » proteste Josette, l'archétype de l'idiote administrative dans *Le Père*

*Noël est une ordure.* Obligée de déclarer si elle « exerce une activité professionnelle » (traduction : si elle bosse), elle veut répondre « Ça dépend » car elle ne peut pas voir sa vie en noir et blanc, comme le lui demande l'administration. Mais, « Ça dépend, ça dépasse », se lamente-t-elle. Une vie humaine se résume difficilement en cases, c'est pourtant une nécessité lorsqu'on est français.

Bien sûr, il existe des rebelles, des antisociaux. Mais signalons que même un Gainsbourg était parfaitement en règle sur le plan administratif. Un Français peut arracher des OGM pour protester, mais il ne déchire jamais sa carte d'identité, un acte qui lui vaudrait un long séjour à l'hôpital Sainte-Anne.

Attention ! Accepter ce régime bureaucratique ne veut pas dire admirer ses agents. Mathieu Kassovitz a été condamné à 1 500 euros d'amende pour avoir insulté des policiers qui l'avaient contrôlé. « J'en ai rien à foutre de votre grade. Vous vous croyez au-dessus de moi ? » leur avait-il lancé, pour un coût de 100 euros par mot prononcé donc. Dans le même genre, une copine qui travaille pourtant comme assistante sociale s'est fait prendre dans le métro parisien sans billet. Personne douce en temps normal, elle s'est déchaînée contre les contrôleurs. Obligée de régler son amende, elle a lancé l'argent au sol en hurlant : « Vous n'avez qu'à ramasser ! » D'autres n'hésitent pas à carrément balancer aux oreilles du fonctionnaire en face d'eux les carences de son administration. Du genre : « C'est bon, je vous ai bien envoyé deux fois les documents que vous me réclamez maintenant… »

Et les plus courageux osent aller encore plus loin, même si cela donne peu de résultats. Excédés par des grèves à répétition sur la ligne Grasse-Menton, deux abonnés de la SNCF ont décidé eux aussi de faire un geste, en refusant de montrer leur billet aux contrôleurs. « Il a été impossible de nous rendre à notre lieu de travail à cause des grèves, nous avons donc utilisé les mêmes moyens qu'eux [les fonctionnaires]. On a des droits aussi », expliqua l'un des deux « rebelles », Daniel Pereira. Lors du contrôle à Nice, la police est arrivée illico, faisant preuve d'une fermeté qui semblait moins évidente dans le cas des malfaiteurs terrorisant le train Nice-Lyon, le 1^er^ janvier 2006. Un administré revêche est plus dangereux pour l'ordre public que des voyous. « On n'a pas été maltraités, mais on a été traités comme des malfaiteurs, on nous a mis contre la barrière pour qu'on ne s'échappe pas, alors qu'on n'avait nullement l'intention de s'échapper », raconta aux journalistes l'autre contestataire, Luc Dupuy d'Uby. Les deux reçurent chacun un PV de 83 euros pour refus d'obtempérer (article 80, décret du 22 mars 1942). En France, le droit de (se) manifester contre des fonctionnaires (souvent manifestants) n'est pas acquis…

À cause du rapport de force, les révoltes des

usagers contre leur fonction publique sont aussi rares que le jus d'orange dans un Orangina. On s'est bien plus insurgé contre l'occupant nazi que contre les administrations. Et quand les passagers de la liaison Paris-Laon ont bloqué un quai à la gare du Nord, les policiers et les journalistes n'en croyaient pas leurs yeux, car en général, l'administré français est aussi passif qu'un mari américain qui se couche devant son épouse harpie.

De toute façon, si les Français se permettent de temps en temps de râler après leurs bureaucrates, ces derniers le leur rendent bien. Depuis la suppression progressive des hygiaphones aux guichets et l'affichage de la « charte Marianne », les fonctionnaires tremblent à l'idée d'un contact plus direct avec le public, car ils voient en chaque administré un malade génétiquement contagieux et capable d'accès de violence façon Samy Naceri. Et les problèmes dans les urgences des hôpitaux semblent leur donner raison. Les guichetiers de La Poste ont d'ailleurs tant de soucis que ce service public a organisé des « débats citoyens » sur les incivilités au guichet. Le résultat : un contribuable se sent parfois aussi bienvenu à la poste qu'un chômeur gitan qui courtise la fille d'un banquier. Un fonctionnaire qui reçoit le public apprend à se défouler pendant la pause déjeuner en racontant à ses collègues des horreurs sur les administrés. « Cela soulage un peu les premiers mois au boulot, mais après quelques mois, le manque d'intelligence des gens aux guichets devient assommant. On se rend compte que cela ne finira jamais », m'a confié Martine, qui a fini par chercher une place purement administrative, loin des guichets. Même saint François d'Assise n'aurait pas tenu une semaine comme guichetier à la poste.

Finalement arrivé à son tour, l'administré pose autant de questions que s'il allait écrire un guide pratique, ou à l'hôpital si on allait lui greffer un cœur le lendemain. Les fonctionnaires doivent souvent expliquer, mais on sent qu'ils apprécient très peu cette obligation. « On n'est pas des enseignants », m'a avoué l'une d'entre eux, plus franche que les autres. Et leur impatience ne peut parfois se cacher devant la lourdeur d'un administré qui ne pige pas. « Je vous ai *déjà* dit que… » me réplique sèchement une fonctionnaire de la mairie lorsque je lui demande une nouvelle fois comment faire pour aider un copain du tiers-monde à avoir un visa pour me rendre visite. Je n'avais pas compris la première fois. Elle, en revanche, pourrait répéter le refrain dans son sommeil, à force de le redire une douzaine de fois par jour.

De fait, une mésentente fondamentale persiste entre administratifs et administrés. Pour ces derniers, le guichet est d'abord un lieu de renseignement et ensuite une *terra incognita* où ils s'aventurent comme René Caillié en Afrique, sans savoir s'ils finiront par obtenir le document qu'ils désirent ou s'ils seront emmenés les fers aux pieds. Pour les fonctionnaires, les administrés doivent être au courant du règlement *avant* de venir aux guichets. Une administration, pour eux, ce n'est pas une école élémentaire.

En dépit de ce mépris, les administrés ressentent le besoin de voir leurs fonctionnaires en personne, comme un enfant arrive à adorer un parent maltraitant. On a mis à leur disposition des sites Internet, mais les citoyens préfèrent de loin le contact de vive voix. Ils sont 69 % à utiliser le téléphone et 56 % à opter pour la visite sur place, alors que 47 % seulement communiquent par la poste et… 23 % par ordinateur. Cette préférence résume l'espoir de l'administré de pouvoir sortir de son carcan de dossier en faisant valoir sa « qualité humaine ». Autrement dit de pouvoir acquérir par le sourire ce qu'il n'obtiendrait pas autrement.

Il y a de quoi se méfier des administrés, et il faut dire que les fonctionnaires de l'Hexagone n'ont pas la tâche facile : à eux de réglementer le seul pays latin à forte dose d'individualisme qui a la prétention d'appliquer un modèle social conçu pour des Scandinaves hautement civiques. Dans les bureaux de poste, le socle du stylo à l'usage des administrés est rigoureusement scellé sur place. La confiance ne règne pas.

Dans un pays où l'on affiche publiquement son désir d'égalité tout en cherchant frénétiquement des privilèges, j'ai rencontré bien des Français m'avouant que leurs concitoyens sont, en effet, peu civiques comparés aux Anglo-Saxons qui, eux, font la queue docilement sous n'importe quel prétexte et respectent mieux la « chose publique ». Pourquoi ? Comment expliquer cet ironique dédain des républicains français dévoués à la *res publica ?* Le lien entre la soumission des administrés et le taux assez bas de civisme mériterait des ouvrages universitaires. Hélas ! les sociologues semblent avoir d'autres chats à fouetter. Tout de même, je ne peux réduire à une simple coïncidence ce délicat constat : vivre dans une société hautement réglementée comme la France pousse sans doute à commettre plus d'actes de contestation publique que dans un pays avec moins de contraintes officielles.

Dans son livre *American vertigo*, le philosophe *people* Bernard-Henri Lévy s'étonne de la discipline des automobilistes sur les routes outre-Atlantique en comparaison de « l'autoroute-privilège » en France où la voie de gauche est réservée, pour « les rapides, les pressés, lesquels se trouvent être aussi, assez souvent, les véhicules les plus beaux et les plus chers ». Aux États-Unis, on roule à la même vitesse sur les deux voies. « Une vraie leçon, sur le terrain, d'égalité des conditions, là où nous affichons, nous, nos distinctions sociales, nos privilèges », écrit-il. Malgré cela, BHL ressentit lui aussi le besoin de contester à la française l'ordre établi lors de son séjour aux États-Unis : fatigué de toujours chercher un Starbucks ou un McDo pour uriner dans des toilettes, il ordonna à son chauffeur de s'arrêter sur le côté de la route pour qu'il puisse pisser tranquille, une pratique qui choque toujours les Anglo-Saxons.

Le pipi peut, il est vrai en France, servir à défier l'ordre public, comme dans le cas de ces manifestants anti-CPE qui s'étaient exprimés ainsi devant les grilles de l'Assemblée nationale. Et puis, quel étranger n'est pas frappé de remarquer les dangers de marcher sur des trottoirs de Paris transformés en courses d'obstacles grâce aux déjections canines (dont une, très mal placée devant sa porte, a valu trois mois d'arrêt de travail au réalisateur Pascal Bonitzer) ? Autre exemple : en bas de chez moi, j'observe les places de stationnement pour deux-roues. Bon nombre garent leur moto à contresens, immobilisant *quatre* places libres, une attitude tolérée par les pervenches. Franchement, croyez-vous qu'un motard français agisse inconsciemment ?

De telles mini-prises de Bastille sont moins nécessaires dans d'autres sociétés moins bureaucratisées. Un Américain sans carte d'identité peut toujours disparaître dans la nature, changer de nom facilement, se perdre dans un autre État (chacun des cinquante États étant un petit royaume autonome), et refaire sa vie. Mais un Français ne fuit pas la fonction publique aussi aisément. Chaque année, le formulaire de la déclaration des revenus arrive par courrier avec l'état civil déjà imprimé, manière de dire à l'administré : « On sait qui vous êtes et où vous habitez », comme dans les films où le gangster est cerné par la police.

« Toute résistance serait inutile », lui rappelle-t-on par mégaphone. En France, les petites incivilités sont admises, pas les grandes.

Le pacte qu'il signe avec l'État et ses serviteurs commence trop tôt dans la vie pour que le Français puisse imaginer une autre solution. « Trop tôt, il a été trop tard », comme dirait Marguerite Duras. À 16 ans, un enfant se voit admis au rang des administrés. La République laïque, où les fous de Dieu ont cédé leur place aux fous de l'État voilà un siècle, remplace la bar-mitsva des juifs et la communion des catholiques par un seul acte solennel : l'attribution d'une carte d'identité. De cet événement fidélisant découle toute une vie d'administration. Pendant les soixante à soixante-dix années qui lui restent, le soumis sera obligé de cotiser jusqu'à l'os, de signaler chaque changement d'adresse, de conserver précieusement tout document relatif à son travail, de passer des heures aux guichets…

Est-ce vraiment étonnant si, de temps en temps, il ressent le besoin de faire pipi sur le bord de la route ?

# V

## *Le règlement, c'est le règlement*

Un jour, lors d'une interview avec un journaliste de la radio suisse dans le jardin du Luxembourg, un gardien nous tombe dessus comme des malfaiteurs, nous obligeant à arrêter l'enregistrement.

« La prise de son n'est autorisée que par dérogation », nous informe-t-il. Pour une interview pour la presse écrite, pas de problème, mais l'audiovisuel doit suivre « les procédures ».

Même au cours des années les plus sombres du stalinisme en Russie (ou celles du maccarthysme en Amérique, pour être fair-play), je ne peux imaginer une telle entrave à la liberté d'informer ! Interdit de poser quelques questions à un auteur dans un espace public, sous les arbres en fleurs ?

Ma seconde surprise : nullement décontenancé, le journaliste helvétique sort son autorisation écrite, en bonne et due forme, délivrée par le Sénat. Parfaitement au courant des règlements, il l'avait obtenue la veille par fax du service de presse. Médusé, j'assiste à cette joute bureaucratique entre un Suisse hyperorganisé et un fonctionnaire français. C'est comme une phase finale de la Coupe du monde en miniature : France 1 — Suisse 1.

Je me dis que le gardien, qui pour moi symbolise toute la lourdeur de l'administration, va devoir reculer devant ce but marqué par les Suisses. Mais non !

« D'accord ! répond le gardien français après avoir scruté le papier, mais vous êtes toujours en contravention, car il fallait faire inscrire votre dérogation auprès de la surveillance du jardin *avant* de commencer votre interview. »

Finement joué ! Aussi agile que Zidane. Nous devons le suivre jusqu'à la loge des gardiens, comme des individus appréhendés par les forces de l'ordre (et sous le regard des curieux). Après nous avoir passé un savon, le chef de service inscrit la dérogation sur son ordinateur, et nous sommes enfin libres de continuer l'interview.

« Faites attention à suivre la procédure la prochaine fois », nous dit le gardien, pas mécontent d'avoir remporté la partie.

France 2 — Suisse 1.

« Pourquoi doit-on demander l'autorisation dans un jardin public ? osai-je questionner.

— Le jardin n'appartient pas au public, monsieur, mais au Sénat. Le public y est admis, à condition de respecter la réglementation », réplique-t-il, un petit sourire de vainqueur aux lèvres.

France 1 — USA 0.

Et le Sénat, il appartient à qui, sinon au public ? Cette question, je n'ose la poser, jugeant préférable de réprimer une malsaine envie d'avoir le dernier mot pour pouvoir finir l'interview en paix.

La réglementation dans l'Hexagone est comme le magma qui bouillonne sous la surface de la terre et produit des belles éruptions de temps en temps dans la vie des citoyens. Et on ne sait ni où ni quand aura lieu le prochain jaillissement.

En revanche, le fonctionnaire détient un immense pouvoir : celui de faire disparaître les règles qu'il juge trop contraignantes ou trop difficiles à appliquer, tournant le dos à l'Assemblée nationale. Et on ne gagne jamais face à des fonctionnaires déterminés à appliquer ou non des lois qu'ils aiment ou qu'ils n'aiment pas.

Ainsi, Marylise Presotto, une étudiante en sciences po à Montpellier, ne tolérait plus les facs enfumées, d'autant plus qu'elle était allergique aux cigarettes. Mais ses supplications sont restées lettre morte, car le doyen avait autre chose à faire que d'appliquer la loi Évin. Elle a fini par déposer une plainte. Qui fut classée sans suite. Pourquoi ? La police est venue constater les infractions dénoncées par la jeune femme en plein mois d'août, dans une faculté bien vide et… sans fumée.

« La loi est exprimée d'une manière générale, mais tout dépend de son application », justifie un porte-parole du ministère de la Santé, qui laisse finement planer le doute, la meilleure des menaces étatiques. Tout est imprévisible pour le citoyen, un peu comme à l'époque où les hommes du roi fixaient les règles d'usage à leur convenance et en toute opacité. Parfois, il me semble que la notice de mon nouvel enregistreur Pioneer et ses 116 pages de charabia est claire et concise par rapport aux règles édictées par la bureaucratie. Il y a tant et tant, qu'en définitive, la République française est sans mode d'emploi.

Cette lave bureaucratique tend à se répandre partout, sans négliger aucun espace, aucun secteur. Comparez par exemple deux éditions du Code du travail, celle de 1984 et la plus récente, celle de 2005. La première compte 1 792 pages en petit format ; la seconde, 2 631 pages dans un format deux fois plus grand. À ce rythme, dans vingt ans, il faudra un ouvrage de la taille de l'*Encyclopaedia universalis* pour régler les relations employés-employeurs.

L'arrêté de la préfecture de police concernant les objets perdus dans les taxis et autres transports publics ne contient pas moins de 26 articles. Si vous oubliez votre parapluie, il est beaucoup plus facile d'en racheter un. En prime, cela a l'avantage de relancer l'économie.

À propos de la préfecture justement, on y a tout fait pour faciliter la vie des administrés. La réglementation veut que l'on s'adresse à l'Hôtel de Police rue Truffaut si on habite sur la rive gauche de la capitale, la rue Truffaut se trouvant sur la rive droite. Par équité, si vous vivez sur la rive droite, il faut vous rendre aux bureaux installés avenue du Maine. Sur la rive gauche, bien entendu. Pourquoi ?

« Ce n'est pas moi qui décide », m'a dit un jour un agent du ministère en guise d'explication. Et c'est la même chose pour un Français qui réside juste de l'autre côté du Rhin ! Impossible pour lui d'aller à Strasbourg pour renouveler son passeport, même si les frontières sont supprimées depuis Schengen. Les frontières oui, mais la réglementation du Quai d'Orsay, non. Le frontalier doit parcourir les 120 kilomètres jusqu'au consulat français de Stuttgart. Moyennement pragmatique.

Au cours d'une année, un Américain est présent à son travail en moyenne 25 % d'heures en plus qu'un Français, selon les statistiques. Pourtant, ce dernier a moins de temps libre. La différence s'explique, notamment, par ses obligations administratives.

Dans un café de l'avenue Rapp à Paris, nous sommes entre deux services, et le patron se plonge dans la paperasse, avec une calculette, des formulaires, des factures éparpillées sur trois tables au fond de la salle. Je lui demande si c'est compliqué de gérer un café.

« Bien trop compliqué, un café. C'est l'expert-comptable qui s'occupe du commerce. Là, c'est juste un truc perso… »

Il suffit de traîner un peu dans les trésoreries pour découvrir un monde insoupçonné de règles.

Ainsi tous ceux qui ont droit à la prime pour l'emploi et sont exclus du système bancaire peuvent normalement se faire régler cette somme en espèces en se présentant aux caisses de la perception. Mais, mais, mais… les fonctionnaires expédient un chèque dans la plupart des cas, et pour ceux qui se présentent pour toucher des liquidités, une règle d'or est affichée : « Il faut apporter la lettre-chèque dans sa totalité, le chèque ne devant jamais être détaché. » La fonction publique n'a-t-elle pas encore découvert le scotch ?

Je vous l'ai dit : on ne sait jamais ni quand ni d'où viendront les ennuis. Lorsque la mairie a décidé de changer la numérotation sur le boulevard d'Hoëdic face à la mer à Quiberon, la vie des résidents fut soudainement chamboulée. Depuis toujours, les numéros des maisons allaient de 1, 2, 3, jusqu'au 12, car en face, il n'y avait que des poissons. Pour se mettre en conformité avec le Code des collectivités territoriales, la rue ne devait comporter que des numéros pairs, ce qui entraîna de très nombreuses démarches pour modifier les cartes d'identité, passeports, permis de conduire, inscriptions à la Sécurité sociale, carnets de chèques, cartes grises, cartes bancaires, références fiscales, abonnements téléphoniques, adhésions aux caisses de retraite, mutuelles, assurances.

« Tout cela coûte cher, constate dubitatif un résident dont le numéro 8 est devenu 18.

— C'est en ayant le souci de rendre le numérotage des rues cohérent que les services techniques se sont attelés à la tâche », défend de son côté un fonctionnaire de la mairie.

Les révolutionnaires français qui ont guillotiné Marie-Antoinette ne se seraient-ils pas un peu trompés de cible ?

## VI

## *Laissez passer les petits dossiers*

Si Marie Curie vivait encore, elle passerait son temps à remplir des formulaires pour des aides à la recherche. Sarah Bernhardt, quant à elle, serait certainement intermittente, et là je ne vous dis pas l'horreur administrative pour protéger ce statut. Et Charles Baudelaire, ce grand fantasque, il aurait sans doute eu droit au RMI.

Et pour jouir de ces avantages et de ces aides, ces Français d'antan se seraient soumis au supplice du dossier. Inévitable en France. Pour faire quoi que ce soit, y compris naître et mourir, il faut un dossier. C'est un gros marché : on vend des lettres types à 6 euros pièce, et quand un Français vous propose une de ces lettres types, il n'y a pas plus grande preuve d'amitié, comme je l'ai découvert.

Depuis que je réside en France, on ne me parle que de dossiers, pour le secteur public comme pour le privé.

« Envoyez-nous un dossier », me dit l'employée d'une caisse pour auteurs.

« Il faudra un dossier », me confirme-t-on chez Bouygues, pour bénéficier d'une réduction promise sur l'achat d'un portable.

« Avez-vous déjà envoyé votre dossier ? » me demande le préposé de chez Noos quand je téléphone pour me faire rembourser une caution.

Tous ces dossiers symboles d'égalité me suggèrent une réflexion : la France serait-elle sapée dans sa créativité par la gestion incessante de dossiers ? Mme Curie aurait-elle eu le temps de découvrir le radium si elle avait passé ses journées à manifester pour des aides ministérielles ? Et Baudelaire ? Aurait-il eu l'occasion de rédiger *Les Fleurs du mal* s'il avait dû « travailler » son dossier de bourse à la Maison des écrivains ?

Surtout : un dossier français est-il vraiment l'indicateur d'une égalité ? Je soupçonne qu'il existe des dossiers plus égaux que d'autres, pour résumer George Orwell. Lors d'un cocktail, je discutais avec une jeune réalisatrice qui avait l'air contente : grâce à sa tante, elle venait de rencontrer quelqu'un de très haut placé qui pourrait l'aider à décrocher une subvention pour un documentaire :

« On a parlé pendant plus de trente minutes. C'était sympa et, à la fin, il m'a dit : "Envoyez-moi votre dossier." Donc, je crois que c'est bon ! » m'a-t-elle expliqué.

Ah, oui ?

Bien sûr, tous les dossiers ne se résument pas à une simple formalité. Un jour, visitant un appartement à louer dans Paris, j'informe l'agent immobilier de ma situation financière. Le terme « non-salarié » qui s'applique à mon cas lui fait le même effet que si j'avais prononcé le mot « islamiste ».

« Envoyez-moi votre dossier tout de même », m'a-t-il lancé.

J'ai saisi à son ton que je risquais la relégation dans la fameuse catégorie des locataires trois « A » (artistes, Arabes, Africains) que les propriétaires évitent comme José Bové le maïs transgénique.

À cette occasion, je comprends qu'un simple dossier ne suffit pas. Il faut conférer à sa demande tous les avantages possibles. Un site sur Internet me conseille de sympathiser avec toute personne capable d'appuyer mon dossier : « Même si vous trouvez cette personne désagréable, soyez très courtois, c'est elle qui fait passer les dossiers au propriétaire, elle en sélectionne quelques-uns seulement. »

OK, il faut protéger un dossier comme une poule son œuf, ou un parent son enfant chéri. Cela explique sans aucun doute pourquoi on ne parle que rarement à autrui de ses dossiers, qui jouissent du même statut qu'un découvert à la banque ou un petit staphylocoque doré soigné par le toubib : vie privée.

Un jeudi typique sous un ciel gris d'hiver. Au réveil, une pensée, ou plutôt une boule d'angoisse m'alourdit l'estomac : comment se portent mes quatre dossiers ? Je ne pense plus qu'à ça, comme autrefois je ne pensais qu'à mes amours. C'est bien joli de faire un dossier, mais on ne connaît pas tout de suite son destin. Un dossier dans la nature, c'est un peu comme un enfant qui ne donnerait jamais de nouvelles. Du coup, comme Panisse, je vis difficilement cette attente « à cause du doute où je suis ».

La nuit suivante, je fais un cauchemar horrible : deux employés d'EDF, encagoulés, viennent arracher mon compteur du mur dans l'entrée, comme ils l'ont fait avec celui de la résidence secondaire de Jean-Pierre Raffarin. Tenant le pauvre compteur par le haut avec ses fils pendouillants, les encagoulés du service public scandent : « Un dossier ! Un dossier ! Un dossier… ! »

Plus tard le lendemain après-midi, j'ajoute un cinquième dossier à ma liste. À la gare d'Austerlitz. Je me présente au guichet, après avoir fait la queue pendant dix-sept minutes et trente-trois secondes, environ, afin de me faire rembourser un billet payé deux fois… grâce au site Web ultraperfectionné de la SNCF. Mon cas me paraît indiscutable, mais avec ce service public, hors de question de se faire rembourser sur-le-champ, même si je peux fournir tous les reçus et plus. Il faut constituer un dossier.

Le formulaire que l'on me tend « ne me prendra pas trop longtemps », me rassure le préposé de la SNCF. Je m'applique (sans dictionnaire) à remplir la grande case réservée à une explication sous la forme d'un essai, et je le rends aussitôt au guichetier avec les reçus.

« C'est d'une limpidité ! » s'exclame l'agent en découvrant ma prose.

Il est chauve comme un œuf, très gentil et intelligent. Probablement l'un de ces jeunes bac + 4 heureux de travailler pour une entreprise d'État, faute de mieux.

Je sors de la gare le cœur léger. Dehors, le soleil est radieux et je viens de rendre un dossier jugé « limpide » par un grand service public. Que demande le petit peuple…

## VII

# *Le pouvoir, tout le pouvoir, rien que le pouvoir*

Dans la plupart des pays civilisés, ce sont les politiques qui prennent les décisions, et les fonctionnaires qui les exécutent. Une division classique des tâches. Mais pas en France, où dans le grand chaos de la Libération, on a accordé certains droits aux serviteurs de l'État, notamment de se syndiquer, faire grève et tenir le pouvoir directement, tout en restant fonctionnaires à vie. Ce phénomène est désigné par un terme technique : coup d'État.

Depuis, dans votre pays, on acquiert le pouvoir politique non pas par une bonne connaissance du terrain ou en écoutant le peuple, des moyens un peu trop IIIe République. Non, maintenant, on gravit l'échelle en bûchant comme une bête même le samedi soir pour réussir des concours et devenir un grand commis de l'État. Ensuite, la route atteint un croisement et ces brillants élèves doivent choisir entre le secteur privé avec ses stock-options et un cabinet ministériel avec ses pantouflages. Devenir politicien sans passer par la fonction publique, c'est ringard.

Ainsi, l'Hexagone représente pour sa classe politique ce que les îles de Jersey et de Guernesey sont pour les investisseurs, un paradis. Non seulement les élus français peuvent s'offrir plus d'un seul mandat (celui qui perd son siège à l'Assemblée nationale peut toujours s'accrocher à sa mairie en attendant des jours meilleurs, et *vice versa*), mais en prime, bon nombre d'entre eux jouissent d'une police d'assurance bien plus avantageuse que celle proposée par Axa, AGF ou la Maif : le retour à la fonction publique en cas de besoin. Comme avec le retrait de Lionel Jospin de la vie politique en 2002, rien n'est définitif pour vos fonctionnaires élus.

Parfois, certains fustigent ces privilèges. « Réussir le concours de l'ENA à 20 ou 23 ans, est-ce que cela suffit pour être "chef" de la société française ? », s'interrogeait François Bayrou lors d'un forum de son parti, l'UDF. La réforme politique en France reste impossible « tant qu'on n'aura pas changé le fait qu'un fonctionnaire peut réintégrer son corps d'origine avec son ancienneté intacte », commente le journaliste André Bercoff. « Ni la gauche ni la droite n'ont touché à cela. » Il a mille fois raison, ce polémiste, mais…

Mais du point de vue des fonctionnaires, pourquoi changer ? En effet, dans les gouvernements de la V^e^ République, les serviteurs de l'État ont foisonné pour occuper plus de 50 % des postes ministériels. Sur les dix-huit Premiers ministres depuis 1958, quinze étaient issus de la fonction publique. Pas mal, mais pas parfait non plus. Il a fallu attendre l'arrivée au pouvoir du fonctionnaire trotsko-socialiste, Lionel Jospin, pour atteindre enfin un cabinet ministériel à 100 % fonctionnaire.

La prise du pouvoir par les serviteurs de l'État depuis soixante ans est admise par tous, et notamment par les rares non-fonctionnaires qui atteignent — on se demande comment ? — les sommets. En acceptant de reprendre la place Beauvau en 2005, Nicolas Sarkozy a livré une explication : « Ici, je serai mieux protégé par les 500 000 fonctionnaires du ministère que par les militants de l'UMP. » Autre fait unique en Europe, les fonctionnaires ont leur propre parti politique : le Parti socialiste. « Il y a longtemps que le PS a délaissé les ouvriers pour devenir le parti des fonctionnaires », constate Timothy B. Smith, historien canadien.

La République française est véritablement en avance sur les autres démocraties, où les ronds-de-cuir, brimés et opprimés, font seulement ce qu'on leur demande en retour d'un salaire. On a célébré la fin de l'esclavage, l'égalité des droits pour les femmes, l'interdiction des préjugés raciaux, etc., mais a-t-on assez félicité la France pour avoir montré la voie en « déchaînant » ses fonctionnaires ? La question mérite d'être posée.

En un sens, c'est naturel que les fonctionnaires tiennent le pouvoir par le haut puisqu'ils l'avaient déjà par le bas depuis longtemps. Résultat :

aucune arme atomique ou conventionnelle ne peut rivaliser avec une administration qui fait obstruction.

Pendant la guerre, des juifs, des communistes, des artistes, des écrivains et d'autres réfugiés tentaient depuis la zone libre de s'exiler vers l'Amérique, ce qui est plus ou moins le scénario du film *Casablanca.* Traqués par le III<sup>e</sup> Reich et par Vichy, ces malheureux furent confrontés à deux obstacles majeurs : d'une part, une Amérique encore neutre très réticente à s'ingérer dans le conflit européen en dépit des efforts courageux de Varian Fry, le consul américain à Marseille ; d'autre part et surtout, la bureaucratie des Français qui exigeait CINQ autorisations afin de pouvoir quitter le pays.

Peu de choses ont changé depuis cette sombre période. Si les administrations ne veulent pas, inutile d'y compter ! Ainsi, la loi interdit aujourd'hui de faire naître un enfant par mère porteuse, et pour les quelques couples français en mal d'enfant qui choisissent de le faire à l'étranger, la punition n'est pas pénale mais administrative : les consulats qui suspectent un cas de GPA (gestation pour autrui) n'acceptent pas de transcrire l'acte de naissance. Ces enfants de parents français n'existent pas.

La vision des fonctionnaires finit toujours par s'imposer. Patrick Fauconnier, auteur de *La Fabrique des « meilleurs »*, cite un président d'université constatant que beaucoup d'enseignants veulent moderniser mais que « 80 % des membres des cabinets ministériels sont des polytechniciens ou des énarques ». Évoquer un master en électronique les fait tout simplement rire, dit-il.

Qui saurait contester qu'un conseiller intelligent issu de la fonction publique peut vous éviter des bêtises ? À son arrivée au pouvoir, racontent Nicolas Charbonneau et Laurent Guimier dans *Le roi est mort ? Vive le roi !*, François Mitterrand trouva le palais de l'Élysée insuffisamment prestigieux. Il convoqua Jacques Attali pour parler d'un déménagement… aux Invalides. Attali l'en dissuada, et ce faisant, mérita son salaire pour l'année.

Les fonctionnaires au pouvoir ont ainsi donné une certaine couleur à la gouvernance du pays, une tonalité très « dictature ». Pour un énarque devenu homme politique, une loi s'impose par sa logique et sa nécessité, et non parce qu'on a fait un travail politique de terrain en amont. L'augmentation de la TVA en 1995 par Alain Juppé et le CPE de Dominique de Villepin étant deux exemples de cette philosophie ayant brillamment mené au désastre. Vos grands commis de l'État se voient comme ces philosophes-rois que Platon envisageait comme meilleur système de gouvernement. Dans ce contexte, l'Assemblée nationale est réduite à une convention d'emmerdeurs et les électeurs ont forcément le niveau intellectuel des chasseurs-cueilleurs de la préhistoire.

Si la Constitution de 1958 affirme que « le gouvernement détermine et conduit la politique de la nation » et qu'« il dispose de l'administration et de la force armée », force est de constater que « c'est l'administration qui dispose du gouvernement et non le contraire », comme le souligne Hervé Novelli, un député UMP qui proposa en 2003 une loi organique pour obliger les fonctionnaires à démissionner afin de conserver un poste politique (comme aux États-Unis et dans d'autres pays). Autant s'attaquer à une forteresse Vauban avec un laguiole comme seule arme. Son idée fut expédiée à la poubelle de l'Hémicycle.

La France se soumet volontiers à ses maîtres et rejette un passé où les fonctionnaires occupaient le bas de l'échelle, comme dans ce tableau du Tintoret, *La Vierge et les saints protecteurs*, montrant au premier plan la Vierge entourée de saint Sébastien, saint Théodore et saint Marc, puis la classe commerçante et au fond, le dos courbé, les fonctionnaires de la ville. Fini cette servilité. Les fonctionnaires de France sont une caste fière et dominatrice, capable d'arrêter les trains, de bloquer les avions et d'immobiliser le pays, sans parler de leur monopole sur les têtes de listes électorales. Et pour ceux qui l'oublieraient, les fonctionnaires sont toujours vigilants pour rappeler qui détient véritablement le pouvoir en France, de préférence en s'assurant l'étroite collaboration du *Canard enchaîné* : la feuille d'impôts de Chaban-Delmas, les diamants de Giscard, les billets d'avion de Chirac, l'appartement de Gaymard. Ça vous rappelle quelque chose ?

## VIII

## *Quand les fonctionnaires s'incrustent pour dîner*

La soirée avait commencé par une discussion approfondie sur les meilleurs lieux de vacances, car nous étions déjà fin juin, période où beaucoup de Parisiens ne pensent plus qu'à quitter la ville.

Emmanuel et Caroline, arrivés les premiers, vantaient les mérites de la Bretagne, tandis que Paul faisait du lobbying pour le Canada où il partait un mois chaque année avec sa femme Sophie. J'avais ouvert pour l'apéritif un vin sec de Savoie, conseillé par mon caviste, et l'alcool faisait déjà son travail.

Ma femme et moi avions décidé d'organiser un dîner d'amis, et nous avions pris l'initiative de rassembler des amis qui ne se connaissaient pas. Parfois, une telle entreprise marche, parfois pas, car les Français sont souvent circonspects face à de nouvelles amitiés. Mais, là, on sentait une petite ambiance, et les deux premiers couples discutaient comme s'ils se connaissaient de longue date.

Jean-Paul débarqua avec Muriel et une petite demi-heure de retard, mais cela n'avait aucune importance puisqu'on avait préparé des plats froids, vu qu'on frisait les 30 °C dehors.

« On m'a parlé de vous, dit gentiment Emmanuel à Jean-Paul, qui reprenait son souffle après la montée des cinq étages.

— Et de vous pareil ! », répondit ce dernier poliment.

Je me félicitais déjà d'avoir réuni ces deux amis que j'estimais tous les deux, bien qu'ils aient chacun un style très différent. Je refuse ces discours de pessimiste assurant qu'il ne faut jamais mélanger pommes et poires ou droite et gauche en France et que seuls des semblables ont le droit de se retrouver autour d'un repas.

Une fois à table, la discussion continuait bon train, toujours sur les lieux de vacances.

« Je retournerais volontiers aux États-Unis, dans l'Oregon et en Californie du Nord, que je ne connais pas, remarqua Muriel.

— Sauf qu'on y mange mal, comme partout ailleurs ! ajouta Caroline, en me faisant un clin d'œil.

— On arrive toujours à dénicher des restos pas si mal que ça, mais il faut y mettre le paquet, nota Sophie. Les petits bistros sympas, ça n'existe pas.

— En tout cas, ce n'est pas une référence ! Les Américains, ils sont tous nuls en cuisine ! », affirma Jean-Paul.

Aucun des invités ne semblait troublé par le fait que leur hôte était originaire d'outre-Atlantique, mais je préfère les Français lorsqu'ils ne se censurent pas. Un Français excessivement courtois devient ennuyeux.

Bientôt, les invités passèrent une quinzaine de minutes à se lamenter sur les procédures pour obtenir un visa américain, et ces files d'attente interminables pour ceux qui n'ont pas encore un passeport optique ou biométrique. Paul et Sophie en avaient beaucoup souffert.

« C'est lamentable, vraiment lamentable, que l'Imprimerie nationale ait osé prendre en otage des milliers de Français avec cette histoire de passeport », commenta Jean-Paul.

Il faisait référence au procès intenté par cette agence d'État afin d'obtenir le contrat pour les nouveaux passeports, contestation procédurière qui retarda considérablement leur production.

« Mais ça, c'est typique de nos fonctionnaires », ajouta-t-il.

Je sentis pour la première fois de la soirée un léger silence, comme si quelqu'un avait parlé de corde dans la maison d'un pendu.

Après quelques instants, Emmanuel enchaîna :

« Si on regarde bien dans cette affaire, l'Imprimerie n'a fait que demander l'application de la loi… et on lui a donné raison !

— Sauf qu'il faut compter deux fois le prix quand ça passe par un monopole d'État, mais excusez-moi si j'ai été un peu dur pour les fonctionnaires. On m'a dit que vous étiez enseignant, répondit Jean-Paul.

— Je ne sais pas ce que vous imaginez, mais je ne suis pas fonctionnaire, ni leur porte-parole… rétorqua Emmanuel.

— C'est ça ! Vous êtes cinq millions à ne pas être fonctionnaires. On connaît la rengaine ! » persifla son interlocuteur.

De l'autre côté de la table, Muriel essaya de calmer son compagnon :

« Ne commence pas, chéri, s'il te plaît… »

Trop tard, Jean-Paul entendait l'emporter face à l'adversaire :

« Combien de fonctionnaires faut-il pour changer une ampoule dans un ministère ? Trois, un pour tenir l'ampoule et les deux autres pour tourner l'échelle. »

Jean-Paul rit comme un âne à sa propre blague mais les autres, Muriel comprise, s'abstinrent car le ton montait trop. Nullement dissuadé, Jean-Paul enchaîna, puisant dans sa réserve de plaisanteries aux frais du public :

« Quel mot fait le plus peur aux fonctionnaires, à part "réforme", bien entendu ? » demanda-t-il à l'assemblée.

Silence de mort.

« Le mérite ! »

Cette fois encore, personne ne rit, à part l'auteur.

« Ce n'est que moyennement drôle, répliqua soudain Emmanuel, avec un ton un peu sec. J'ai lu un excellent article dernièrement dans *Marianne* sur la campagne orchestrée contre la fonction publique, qui ne serait…

— Vous citez *Marianne* ? Ce torchon a les mêmes standards d'objectivité que Fox News ! s'exclama Jean-Paul.

— Effectivement, j'aurais dû citer *Minute* pour vous faire plaisir... », répliqua Emmanuel.

« Finement joué », pensai-je. Mais il ajouta :

« Ou peut-être que votre lecture de chevet, c'est la directive Bolkestein... »

Pour moi, il n'existe pas de spectacle plus prenant sur terre que deux Français en pleine dispute idéologique. En fermant les yeux, on peut s'imaginer Voltaire contre Rousseau, montagnards contre girondins, des royalistes aux prises avec des bonapartistes, Clemenceau contre Poincaré, ou, dans une période plus récente, Mitterrand, « l'homme du passé », face à Giscard, « l'homme du passif ».

Par contre, je me gardai bien de m'interposer dans cette querelle franco-française en train d'exploser dans mon living-room. Le dernier Américain à avoir osé débattre politique avec des Gaulois fut notre grand patriote Tom Paine, avec pour résultat qu'il échappa de justesse à la guillotine en 1794.

Les choses allaient très vite, trop vite, maintenant entre Emmanuel et Jean-Paul.

« On se calme ! cria Caroline, d'une voix de stentor. DU CALME ! ! ! »

Mais plus personne ne l'écoutait. Du coin de l'œil, j'observais ma femme qui se crispait sur son siège, comme si elle ne savait plus si elle devait fuir ou s'interposer pour sauver les meubles. La référence à *Minute* n'avait pas tardé à faire son effet sur Jean-Paul dont le visage prit un teint pourpre foncé.

« Vous me traitez de lepéniste ? » hurla Jean-Paul, dont les yeux semblaient sortir du crâne comme si on lui tordait le cou.

Brusquement, il se mit debout et ce faisant, il accrocha la table, qui se souleva de quelques centimètres. Plusieurs verres tombèrent. Les femmes reculèrent, craignant le vin sur leurs vêtements. Le pied du siège de Sophie se prit contre une tomette, et elle tomba à la renverse. Voyant sa compagne disparaître sous l'horizon, Paul esquissa un réflexe de sauveur de l'autre côté de la table, mais il ne réussit qu'à envoyer valser la vaisselle de la table qui tangua comme pendant une tempête en haute mer.

« À vous de juger ! », répliqua Emmanuel, lui aussi debout.

Je remarquai sur son front une fine couche de sueur. Il était devenu aussi blême que Mylène Farmer et ses deux mains tremblaient finement comme des diapasons. La querelle commençait à perdre son aspect noble de grand débat politique pour devenir un vulgaire combat de coqs : Barnier *versus* Didia, Filipetti *versus* Tiberi, les Boulogne Boys *versus* les Tigris Mystic.

« Parasite ! lança Jean-Paul.

— Réac ! », contra Emmanuel.

Je vous épargne les détails du tourbillon qui

suivit, car tout allait très rapidement. Après trois ou quatre minutes, les femmes parvinrent à imposer une trêve en séparant les combattants à chaque extrémité de la pièce. Jean-Paul s'était fait très mal au coude droit, tandis qu'Emmanuel saignait légèrement d'une narine. Les deux portaient des chiffons en guise de chemise.

Une fois tous les invités partis, ma femme et moi avons dressé l'inventaire des dégâts. Plusieurs verres cassés, le siège qui avait fait tomber Sophie, écrasé, un rideau déchiré, et trois jolies assiettes — un cadeau de mariage — en mille morceaux. Plus du vin et de l'eau aspergés partout sur les tomettes, sans parler des vestiges du repas.

« Finalement, ce n'est pas si grave, la casse. Une petite polémique de temps en temps, ça dégage un peu, n'est-ce pas, chérie… », dis-je.

Mon épouse me coupa la parole, un peu vertement à mon avis :

« Aucune polémique ne vaut des assiettes Astier de Villatte ! », m'informa-t-elle, sans aucune trace d'humour dans sa voix.

Et voilà comment les fonctionnaires parviennent aussi à fragiliser les amitiés… et les mariages.

# IX

## *Jeunes et fonctionnaires, amis pour la vie !*

Comme tout élu français vous le dira, l'avenir de la France : c'est sa jeunesse.

C'est vrai, hélas.

Car les jeunes, et surtout les étudiants, comme les SDF, les RMistes, les malades, les sans-papiers et les chômeurs de longue durée (ou mieux, en fin de droits) n'ont jamais tort. Et leur vision de l'avenir préoccupe tout le pays. C'est le moins qu'on puisse dire.

Les sondages sont formels. Entre 70 et 75 % des moins de 25 ans veulent devenir fonctionnaires. C'est la donnée statistique la plus troublante dans ce pays, même plus que son taux de chômage vertigineux. C'est beaucoup, surtout dans un pays qui se vante depuis toujours de son imagination, de sa *french touch* et d'avoir des idées à la place du pétrole.

La lecture favorite de cette nouvelle jeunesse frileuse : le trimestriel *Devenir fonctionnaire.* Cette revue prépare aussi bien à une carrière étatique que *Voici* vous enseigne la sociologie de Bourdieu.

On y trouve des QCM « ludiques » sur la fonction publique. Par exemple : « La limite d'âge aux concours a été supprimée le 2 août 2005 par : a) décret ; b) ordonnance ; c) circulaire ». La bonne réponse, bien sûr, c'est le « b » (par ordonnance) qu'une personne sur trois aura certainement devinée (moi pas). Grâce à l'amour de la bureaucratie et à de telles lectures par votre jeunesse, les Français seront bientôt le seul peuple à comprendre la différence entre décret, ordonnance et circulaire. Et c'est très utile dans cette ère de mondialisation.

Donc, la plupart des jeunes se destinent à la sécurité d'emploi offerte par la fonction publique. Mais, il y a pire, si l'on considère que sur le quart de ceux qui restent, une bonne moitié désire devenir « artiste » en passant par la *Star Ac*, ou, à défaut, en devenant intermittent. Et que l'autre moitié ne songe qu'à traverser la Manche pour s'enrichir — sans cotiser à l'Urssaf — dans un pays où on va les traiter de « grenouilles ». Le cauchemar de Darwin ! Ça laisse qui pour vouloir bosser dans ce pays ?

Peu de monde. On manque de 6 000 bouchers en France, et de beaucoup plus de personnel encore dans les restaurants et les hôtels, mais les jeunes n'en veulent pas, à cause des horaires. Qui voudrait trimer presque 40 heures par semaine quand les fonctionnaires vivent peinards ? « Pourtant on gagne honorablement notre vie », dit un boucher interviewé à la télévision, l'un des derniers de son espèce. Mais boucher, la vache ! c'est un métier de bœuf (ou de bourrin...), hein !

Pour certains, cette grande coalition entre les jeunes et la fonction publique est une sacrée bizarrerie. « Les étudiants et les jeunes qui sont exclus du monde du travail (ils sont les *out* des économistes) vont défiler avec les syndicats des *in*, ceux de la fonction publique et de l'emploi à vie... Les victimes et les responsables de concert », ironisait Éric Le Boucher, chroniqueur économique au *Monde*, au moment de la « crise » du CPE.

En fait, la situation entre la France et sa jeunesse est encore pire que cela, pour une raison que seuls les économistes libéraux peuvent expliquer — pour résumer, la loi de l'offre et de la demande. Avec tant de jeunes qui se destinent à la fonction publique (et surtout à celle des collectivités territoriales qui permet de continuer à se loger gratis chez ses parents), une terrible compétition est née, puisque l'État pour l'instant n'arrive pas à satisfaire toutes les demandes d'emploi dans ses rangs. À ce rythme, il sera bientôt plus facile de trouver une place à l'ENA que de faire un stage à La Poste !

En effet, de nos jours, les surdiplômés, comme c'est le cas d'Olivier Besancenot, inondent les concours de candidatures, à tel point qu'il vaut mieux avoir un niveau bac pour postuler aux postes les plus humbles. Prenez le cas du dernier recrutement de la police en Aquitaine : 580 candidats pour 17 postes à pourvoir. En tout, 80 % des postulants avaient le bac pour ce concours qui est normalement accessible avec un CAP.

Ce petit effet pervers se répand partout avec des jeunes qui, alléchés par la perspective d'une vie de fonctionnaire invirable, et forts de leurs licence et maîtrise, barrent la route aux moins érudits. C'est un comble : pour qu'un « petit postier » de la Ligue communiste révolutionnaire puisse cumuler militantisme et salaire, un pauvre diable, nul en latin à l'école, se retrouve RMiste. À ce rythme, on pourra bientôt exiger un doctorat d'État pour un poste d'éboueur ! En même temps, c'est une formidable perspective pour une fonction publique glorieuse avec des flics intellos et des guichetiers bac + 6.

La France deviendra alors — finalement ! — cette nouvelle Athènes dont nous rêvons tous, un lieu d'intelligence et de culture permanentes. Les théâtres se rempliront de nouveau, avec des intermittents sur scène et des fonctionnaires en RTT dans la salle. Les musées se multiplieront, trouvant de nouveaux espaces dans les tours autrefois occupées par des entreprises du CAC 40, depuis longtemps délocalisées.

Seul hic : cette course folle vers une vie professionnelle sécurisée de la part de la-jeunesse-qui-est-l'avenir-de-la-France n'arrangera pas vraiment les choses pour les *losers*. Gageons que tous les recalés de la fonction publique pourront toujours se consoler avec les minima sociaux ou, au pire, avec un contrat aidé dans le secteur privé. Après tout, il faut quand même que quelqu'un cotise pour que des millions de bureaucrates vivent.

Pour ce bel avenir qui nous attend, merci, les jeunes !

# X

## *Anatomie d'un bulletin de salaire*

À l'école, les petits Français apprennent à lire en décortiquant des textes classiques — Hugo, Descartes, Molière. J'approuve cet enseignement un peu désuet, même si la langue du XVIIe siècle n'a plus beaucoup de sens dans la patrie du verlan style « 9-3 ».

En revanche, j'aimerais aussi qu'on nous enseigne un langage plus immédiatement pratique. Pour casser un peu le monopole intellectuel des juristes et des comptables sur un contrat de téléphone portable, un bail de F3 et surtout, sur le document le plus crypté du monde civilisé et pour lequel il n'existe encore aucune pierre de Rosette : le bulletin de salaire en France.

Face à cet imprimé, le taux d'analphabétisme national surgit à plus de 80 %, selon des sondages qui montrent que pour le salarié moyen, sa feuille de paie : c'est du mandarin.

Cette complexité est longtemps restée pour moi toute théorique. Jusqu'au jour où j'ai reçu mon premier bulletin de salaire, une fiche toujours pas complètement déchiffrée à ce jour. En fait, ces dernières années, il y a deux lectures auxquelles je n'ai rien compris, ce compte rendu émanant d'un employeur français et le *Da Vinci Code.* Au moins Dan Brown proclame haut et fort que son œuvre est une fiction. Bizarrement, pour les intellos français qui partent en guerre culturelle contre le best-seller ésotérique de Brown, l'opacité des bulletins de salaire ne mérite pas un combat.

Un bulletin de salaire, c'est comme les empreintes digitales : il n'y en a pas deux pareilles. Et justement, j'en ai deux. Un émis par RTL pour « On refait le monde », l'émission à laquelle je participe une fois par semaine. Cette intervention qui pourrait être qualifiée de petit boulot engendre autant de paperasse que le secrétariat du P-DG d'une multinationale. Pour me payer mes 150 euros hebdo, RTL doit dépenser autant en frais d'administration, j'en suis convaincu. Leur comptabilité rédige un contrat séparé à chaque fois que je mets le pied dans leur studio d'enregistrement, plus un coupon bleu pour les « congés-spectacles » et une attestation des Assedic. En fin de mois, je reçois mon bulletin de salaire qui ne compte pas moins de onze cotisations, dont ce mystérieux « FNGS Annecy » à qui mon employeur reverse 1,50 euro par mois. Comme je ne connaissais pas cette ville, j'ai posé des questions. Serait-ce pour la maison de retraite d'une ancienne maîtresse du directeur ? Un collègue a fini par m'expliquer qu'il s'agissait plutôt d'« un centre de recouvrement ».

Je me sens gagné par une certaine nostalgie du monde du travail aux États-Unis et son bulletin de salaire qui a la taille réduite d'un chèque bancaire et un seul prélèvement obligatoire : 6 % pour notre « Sécu », qui soit dit en passant n'est pas une assurance-maladie mais une retraite à partir de 66 ans. À condition d'atteindre cet âge, ce qui n'est pas gagné après toute une vie de diététique centrée autour des Big Mac.

Si le reste du monde peut se désintéresser des fiches de paie des Français, moi pas ! Lorsque je raconte par téléphone à Morris, mon copain de Columbus, la complexité du travail en France, il y a un blanc à l'autre bout du fil. « Tu es sûr qu'on n'a pas mis un truc dans ton verre ? » me demande-t-il, après un moment. Pour lui, tous les journalistes exagèrent. Je ne sais pas où il est allé pêcher cette idée, je suis le seul reporter qu'il connaisse...

Si le bulletin de salaire de RTL me semblait indéchiffrable, celui de mon second employeur, la chaîne thématique Voyage, avec ses 29 retenues pourrait en comparaison élever l'Opus Dei en modèle de transparence. Je me mets à imaginer une France où les employeurs vous donneraient une explication claire sur la destination de tout ce blé. En même temps, il leur faudrait sûrement noircir un pavé de la taille de la Bible de Gutenberg.

Sur cette deuxième fiche, par exemple, je note plusieurs prélèvements pour l'IRCPS. L'IRC quoi ? Une minute sur Google m'apprend qu'il s'agit d'un « regroupement des anciennes institutions Carcicas, CNC Presse, chargé de gérer le régime de retraite complémentaire des cadres, mis en œuvre et contrôlé par l'Agirc (Association générale des institutions de retraite des cadres) ». Ah, c'est beaucoup plus clair ! Je me voyais mal passer ma vieillesse en traînant mes dossiers et ma canne d'une caisse de retraite à l'autre.

Sur ce bulletin, je trouve aussi une floraison de cotisations « intermittent ». Est-ce que cela signifie que j'aurai droit aux avantages bien connus de l'intermittence ?

« Non, parce que tu n'as pas assez de cachets », m'informe Régis, un ami producteur qui est un peu un spécialiste en la matière vu qu'il ne travaille qu'une partie de l'année mais se fait rémunérer, comme s'il était fonctionnaire, chaque mois. Les joies de l'intermittence. Je prenais un verre avec lui et Emmanuel dans un café de la rue Médicis au moment de cette révélation.

« Mais, je dois tout de même cotiser ? », balbutiai-je, un goût d'injustice sociale me montant au travers de la gorge. En Amérique, il est théoriquement impossible de cotiser sans obtenir quelque chose en contrepartie. Sauf pour établir la *démocratie* en Irak, bien sûr.

Cette idée, qui n'émeut aucunement les Français de mon entourage, me « fout les boules », comme on dit familièrement. Je me souviens de l'inscription de mon fils à la faculté de Paris-VI. Les fonctionnaires lui annoncèrent qu'en tant qu'étudiant américain (vivant en France depuis l'âge de 4 ans...), il n'aurait pas droit à la Sécurité sociale. Par mesure de réciprocité. L'Amérique ne propose en effet aucune assurance médicale aux jeunes Français qui étudient outre-Atlantique. Je me suis dit : « ce n'est que justice » et je n'ai pas protesté. J'ai eu beaucoup plus de mal à avaler le fait que l'Éducation nationale l'oblige à cotiser à cette Sécu, comme s'il en était bénéficiaire. Insensé !

« Cela s'appelle “solidarité” », me rétorque Emmanuel, plutôt insensible à ma souffrance.

Je dois payer les mois non travaillés de Régis, par solidarité ? J'en reste muet, mais une ambiance de conflit social larvé plane désormais sur notre table.

Pendant un bon mois, je me consacre à l'étude de divers bulletins de salaire, généreusement proposés par des amis. J'y découvre une multitude de cotisations qui résument la vie en France, y compris son actualité la plus récente : indemnité dimanche férié, allocation fête des Mères, allocation vacances, indemnité vestimentaire, taxe prévoyance, effort construction, réduction patronale Fillon, allègement Aubry... tous ces prélèvements en disent long sur... sur quoi au juste ?

Une prof de maths dans une classe préparatoire de la région parisienne accepte de me montrer son bulletin. Elle gagne presque 4 500 euros, mais touche aussi 1 316 euros pour « heures-années » et 43 euros pour « remb. domicile travail », sans parler de 285 euros pour « indemn. suivi orient, iso. ». Résultat : son net s'élève à 5 500 euros, tout de même.

Une farandole de primes danse devant mes yeux grâce au bulletin de salaire d'un ami qui travaille à la Banque de France et qui est rémunéré d'un modeste 2 000 euros par mois plus… une « prime de bilan » (presque 2 000 euros par mois !), une « prime de productivité » (plus de 800 euros), un « complément prime de bilan » (encore 456 euros), une « gratification » (100 euros, mais quand je demande ce que c'est, il me répond : « Je ne sais plus ») et encore une « indemnité dr. 1942 » de 33 euros qui me remplit de curiosité (mais je n'ose plus poser de questions !). Au final, avec ses primes, il perçoit un net mensuel de 5 300 euros. Pas mal pour un type qui n'en gagne officiellement que 2 000 !

Aujourd'hui, j'ai fini par accepter qu'un bulletin de salaire lisible en France soit une idée aussi saugrenue que la baguette minceur. Ainsi, pour que je livre ma vision du monde à l'antenne chaque semaine, RTL doit débourser au total 868,98 euros, y compris ce que l'on appelle les « charges employeur ». Sur ce montant, je ne touche que 458 euros, c'est-à-dire à peine 53 %. Avant l'impôt sur le revenu. Un vrai hold-up !

« Quand j'aurai fini de payer les impôts, il ne

me restera qu'un tiers de ce que RTL a payé ! » fis-je remarquer à Emmanuel. Il faut dire que je cherche un peu la bagarre, depuis que j'ai appris ma participation pour « l'intermittence » de Régis, avec ce bon copain qui possède non seulement une résidence secondaire dans le Morbihan mais aussi un petit cottage en Haute-Normandie. C'est vrai qu'il a hérité de ce dernier, mais les frais d'entretien et la taxe d'habitation doivent être non négligeables. Comment fait-il ? Les finances personnelles des Français sont décidément un véritable mystère pour moi.

À force de l'examiner, j'en viens à tirer une implacable conclusion : le bulletin de salaire entretient un *big lie*, un gros mensonge, comme celui agité par le sénateur anticommuniste Joseph McCarthy dans les années 50. On cherche à nous faire croire que la « part patronale » ne serait pas de l'argent enlevé de la poche du salarié et ce « pipeau » est propagé à travers les fiches de paie telles qu'elles ont été conçues par les fonctionnaires du paritarisme.

« Faux, s'insurge immédiatement Emmanuel. Tu ne peux pas compter les charges patronales, c'est comme une taxe pour l'employeur. Ça n'a rien à voir avec le salarié ! »

Ah, oui ? Moi, en bon Américain, j'y vois plutôt une subtilité fiscale, comme l'invisible mais très réelle TVA. Et cette « séparation » des charges est destinée à donner l'impression qu'une assurance collective ne coûte pas cher. Par exemple, un salarié qui touche 2 100 euros brut par mois ne cotise que 216 euros par an pour l'assurance-maladie — une affaire ! Sauf si on y ajoute les cotisations patronales qui s'élèvent à plus ou moins 5 000 euros par an.

Pour un salarié qui gagne bien sa vie, ses cotisations cumulées grimpent à plus de 10 000 euros par an. Un bon deal ?

Lorsque le patronat propose d'abolir cette séparation en ajoutant la part « employeur » au salaire brut de l'employé pour ensuite le laisser payer toutes les cotisations — un changement financièrement neutre —, les syndicats crient au scandale. « Provocation », répond FO. « Une rupture dans le positionnement historique du patronat », proteste la CGT. Qui veut vraiment la transparence ? Certainement pas vos fonctionnaires et leurs syndicats.

Inutile d'insister. Un Français tient à son bulletin, même s'il n'arrive pas à le lire. Et le rapport qu'il entretient avec sa fiche de paie est un élément de son positionnement social. Plus c'est complexe, plus il est fier. Quand j'ai appris à Jean-Paul que j'avais 29 lignes sur mon bulletin de salaire de la chaîne Voyage, il m'a répondu du tac au tac et non sans une certaine fierté :

« Moi, j'en ai presque 40, et sur deux pages ! »

Sur ce, il me toisa, comme si j'étais smicard.

## XI

## *Le facteur m'assomme toujours deux fois*

Le bureau de poste en France est le seul endroit où des petits épargnants font confiance à des fonctionnaires anticapitalistes de la CGT pour leurs placements en Bourse. Autant prendre Jack l'Éventreur comme gynécologue.

Les résultats, on les connaît : bon nombre de ces malheureux investisseurs se sont fait avoir avec un « produit » d'épargne appelé « Bénéfic » qui leur promettait une plus-value de 23 % sur trois ans.

« Le capital est garanti ? demande une retraitée venue à La Poste pour placer ses menues économies.

— Oui », lui répond l'agent de La Poste qui, la veille, manifestait contre les bénéfices immoraux des entreprises dont il conseille maintenant les actions à sa cliente.

Cette scène est imaginaire, pas les dégâts de Bénéfic. Des centaines d'investisseurs lésés par La Poste ont d'ailleurs porté plainte : avec le krach de 2000-2002, il s'est avéré que leur capital n'était absolument pas garanti et qu'il a fondu de 43 %. Bien sûr, le dépliant de ce plan-investissement indiquait clairement que le capital était sujet à des fluctuations. Mais si on ne peut plus se fier aux paroles des postiers à quoi sert la République ?

Personnellement, je soupçonne un complot dans cette affaire, car je n'ai jamais entendu parler d'un employé de La Poste « couillonné » par l'achat du Bénéfic. Pourquoi ? Parce que, à mon avis, les révolutionnaires assermentés par Arlette Laguiller et Alain Krivine y sont infiltrés, à long terme, comme autrefois les maoïstes tentaient de noyauter Renault pour suborner le capitalisme, tâche partiellement accomplie par le Medef dans ce pays. Mais loin de moi, comme le font parfois certains chroniqueurs, l'intention de lancer des accusations sans fondement. Revenons aux faits.

La Poste, soi-disant service public, fonctionne tout de même à deux vitesses. Si vous vivez dans un hameau au fin fond du Cantal, perché sur un causse à sept lieues de la route principale, La Poste marche bien. Vous avez droit à votre courrier — et à un brin de causette — tous les jours, grâce à un gentil postier qui fera le trajet dans son estafette jaune poussin. Par contre, si vous habitez comme moi à Paris (où, dans mon centre de tri, on n'a toujours pas fait son deuil de la mort de Trotsky) et si vous avez le malheur d'occuper un appartement à un étage élevé d'un immeuble sans ascenseur, vous n'aurez pas droit à vos colis et lettres recommandées sans de fréquents dépla-

cements au bureau de poste du coin, où d'autres misérables comme vous font la queue.

Pourquoi le campagnard est-il gâté et le citadin discriminé ? Parce que les postiers ne connaissent pas les étages situés au-delà du premier. Comme s'ils n'appartenaient pas au sol national. En ville, au-dessus de 15 mètres d'altitude, le service public se raréfie, comme l'oxygène sur l'Annapurna.

Pour moi, le supplice de la poste recommence chaque semaine, lorsque je reçois les avis m'indiquant que je dois encore venir chercher une lettre recommandée ou un colis. J'ai appris à ne pas y aller tout de suite, car inévitablement, à chaque fois que je fais la queue pendant 25 minutes pour récupérer mon recommandé, le lendemain j'ai droit à un nouvel avis. La plupart de ces envois sont peu utiles (confirmation par un syndic que la réunion des copropriétaires a eu lieu, par exemple) et les colis, souvent des « cadeaux » de réabonnement à un hebdo parisien. Néanmoins, il faut y aller, parce que les avis ne livrent jamais le nom de l'expéditeur. Cela pourrait être une convocation du fisc ou les cendres de mon oncle Antoine.

Quand je raconte ces galères à mes amis, pas une larme. En revanche, tous les Français, nostalgiques de leurs racines, pleurent comme des saules à l'idée d'une ruralité menacée de désertification, notamment à cause de la fermeture des bureaux de poste à la campagne. « Quand je vois dans tel village, un papy obligé de faire un kilomètre à pied pour aller chercher son courrier dans sa boîte aux lettres car La Poste veut être plus rapide et efficace, j'ai du mal à comprendre », se lamente Béatrice qui travaille comme secrétaire dans une fac. Moi aussi, j'ai du mal à comprendre ! Mais pourquoi, diable, défend-on chaque vieux rural alors que l'on oblige ceux de la ville à se déplacer. Ce papy villageois va vivre longtemps (et creuser le déficit de la Cnav) grâce à cette promenade au grand air, tandis que moi, pour avoir mes recommandés et colis, je dois affronter la pollution urbaine et des scooters kamikazes.

Plus énervant encore, ces reportages sans fin de TF1 sur les postiers à la campagne comme à l'époque de Jacques Tati. Ils sont appointés par la CGT ou quoi, ces journalistes ? Toutes les activités des postiers intéressent la rédaction de cette chaîne télé, sauf le port des lettres. La factrice super-gentille qui sort le chien de mamy presque tous les jours : « Je fais ce métier parce que j'aime bien rendre service aux gens », nous explique-t-elle. Ou encore une de ses collègues qui essaie de consoler une grand-mère qui vient de perdre son mari. Le vrai rôle des postiers, nous dit-on, est de tisser des liens sociaux, ou de « relier des hommes entre eux », selon le terme très « com » de Christian Kozar, directeur de La Poste Grand Public. À croire que l'acheminement des lettres est véritablement secondaire (encore 58 % du chiffre d'affaires tout de même). Ensuite, lorsqu'on apprend qu'il ne reste plus « que » 90 bureaux de poste dans l'Orne, là où on en comptait 123 en 2003, on se ronge les ongles. La modernisation, c'est pire que la grippe aviaire ! Si le pape avait su résister aux théories de Galileo Galilei avec autant d'acharnement que les postiers aux Temps modernes, on vivrait toujours dans un monde plat.

Cette excellente image peut rapporter gros, comme le nouveau service « Bonjour, facteur ». Pour seulement 3 euros par jour, le postier va dire « Bonjour » à une personne du troisième âge lors de sa tournée et lui faire signer un papier pour confirmer sa visite, manière post-canicule 2003 de vérifier qu'aucun ancien ne soit à l'abandon. Quel coup de marketing génial ! Même si la direction du service public nous assure qu'il ne s'agit pas d'un « service marchand », mais seulement d'un « dédommagement pour les frais encourus », ce service permet de récolter 4 500 euros additionnels par tournée et par an. Seul manque à gagner : si papy ou mamy casse sa pipe le dimanche ou un jour férié, il ou elle pourrira pendant vingt-quatre heures, car cette prestation n'est pas disponible tous les jours. C'est triste.

Mais la véritable mission de La Poste ces temps-ci, c'est de fournir un tremplin à la carrière politique du trotskyste Olivier Besancenot, le *poster-boy* de l'extrême gauche qui travaille comme facteur le matin et révolutionnaire le reste du temps. À la télé, je regarde un énième reportage sur Besancenot qui fait sa tournée… à Neuilly-sur-Seine, en plus ! Ça tombe bien, comme cela il évite le cas de conscience pour lui qui consisterait à porter à une vieille veuve un courrier recommandé la sommant de payer ses arriérés de loyer.

« Ses idées, c'est autre chose, mais c'est un garçon sympathique, aimable, toujours souriant », raconte un Neuilléen. Et pas bête non plus, car Besancenot a compris que l'uniforme de postier est aussi utile que le fut celui de général pour Charles de Gaulle. « Pour être révolutionnaire aujourd'hui, commencez par être fonctionnaire », ironise à ce propos *Le Point*, ajoutant que Besancenot négocie un temps de travail à 80 % afin de rester disponible pour « la cause ». Ah ! la France ! Même vos révolutionnaires refusent la précarité. C'est certainement le seul cas au monde où un homme politique est rémunéré par l'État pour promouvoir son programme en faveur des nationalisations massives et pour la semaine de 30 heures.

Je m'agite, je m'égare ! La seule « révolution » dans les bureaux de poste, celle qui m'a profondément désolé toutes ces dernières années, c'est l'installation, sans aucun référendum ni consultation des usagers, des files d'attente *uniques* à l'anglaise. Avant cette grande « réforme », je vivais heureux en allant à la poste car, comme les Français, je passais le temps non pas à attendre mollement mon tour mais à changer allègrement de queue (car évidemment la mienne souffrait toujours d'un blocage). Il arrivait à certains adeptes de cette pratique franco-française de sauter de file en file, comme le font les *golden boys* avec les actions. Rien, ni la foudre ni un tremblement de terre, ne peut se comparer à la célérité et la puissance de déplacement d'un Français dès l'ouverture d'un autre guichet. Les plus malins sont des experts du *hedging :* au cas où leur nouvelle file bloquerait, ils se font garder leur place d'origine, le plus souvent par une vieille dame, sourde et malvoyante, mais prête à assurer que « oui, oui, monsieur était derrière moi ». Une pratique à jamais disparue maintenant. Et puis, l'introduction de la file unique ne se limite pas à ces innocentes modifications de la circulation, elle facilite un autre changement : désormais, on a l'impression de pénétrer dans un espace publicitaire conçu par une tête brûlée de chez Publicis. Christine Lorimy, directrice de la stratégie de La Poste, parle d'« ambiance contemporaine » dans les bureaux de poste, où l'on propose des « achats plaisir » tels que des produits du commerce équitable, des petits accessoires, et surtout des multiples invitations au placement du genre « Petit à petit l'oiseau fait son nid, l'épargnant aussi ». Et pour chaque achat groupé de deux lots d'enveloppes et d'un emballage Colissimo, on a droit à un stylo fantaisie ou une bougie parfumée ?

J'ai fait de la télé, de la radio, des conférences devant des spectateurs plutôt hostiles, mais je n'ai jamais ressenti un tel trac que lorsque je fais la queue à la poste. Surtout rester concentré, garder l'œil ouvert car la plus grande des hontes terrestres serait pour moi qu'un guichet se libère et que dans l'intervalle des deux secondes nécessaires pour bondir jusqu'à lui, des voix d'impatients hurlent à l'unisson dans mon dos : « Suivant ! » Cela m'est arrivé une fois, il y a quelques mois. Une horreur que je n'oublierai jamais. J'étais le suivant dans la file d'attente, mais je me suis bêtement laissé déconcentrer par une publicité murale sur les cours des OPCVM, un produit financier sur lequel j'avais l'intention de chercher des infos sur Google à mon retour à la maison...

« AU SUIVANT ! ! ! » a hurlé quelqu'un derrière moi, un guichet s'étant tout juste libéré.

De retour chez moi, j'étais tellement traumatisé que je n'ai pas eu le cœur d'aller regarder sur le Web pour trouver des renseignements sur les OPCVM.

C'est peut-être comme le Bénéfic ?

## XII

## *À votre bon cœur, m'sieurs-dames !*

Depuis que Jésus a agonisé sur sa croix et saint Antoine reçu des flèches en pleine poitrine, on n'a jamais vu de pire martyre que celui enduré par les fonctionnaires pour nous faciliter la vie. Le service public hissé aux sommets de la sainte Trinité…

« C'est des gens qui se dévouent », dit une petite dame aux caméras de TF1. Elle parle des pompiers qui arrivent pour vendre leurs calendriers. Moi, j'ai les larmes aux yeux sauf que… on en fait trop.

On comprend la détresse de Karen Montet-Toutain, devenue la madone de l'Éducation nationale depuis qu'elle a été poignardée par un jeune élève. Elle aurait pu guérir tranquillement chez elle, mais non, pour mieux afficher *publiquement* sa souffrance, cette enseignante a défilé dans les rues d'Étampes, de jeunes collègues femmes et des mères de famille lui tenant la main en versant des larmes d'émotion pure. Une manifestation qui ressemble à ces fêtes religieuses du tiers-monde où les fidèles se flagellent pour partager la douleur du fils de Dieu. Autour d'elle, ils étaient deux cents à manifester. Cent cinquante, selon la police.

La fonction publique cultive son image charitable, comme les papes se doivent tous d'être *bons*, même s'il faut se battre comme un Sarkozy pour devenir le *boss* du Saint-Siège. Cela vaut la peine. À ceux qui se plaignent qu'ils doivent faire la queue dans les bureaux de poste, la direction rappelle que ce service public, à la manière de Mère Teresa, sert de refuge pour les damnés de la terre, les exclus du système bancaire, qui viennent nombreux les deux premiers jours du mois pour toucher leurs minima sociaux, RMI, allocations et autres.

« Ces gens n'ont pas de chéquier. Nous sommes fiers de cette vocation de La Poste », affirme-t-il, un brin apostolique.

Qui oserait critiquer un service public pour son blindage d'œuvre caritative ? Dans ce contexte, la syndicaliste Annie Thomas, présidente de l'Unedic dont la dette est abyssale, peut facilement faire accepter une nouvelle prise en charge : une personne obligée de quitter son travail pour fuir un conjoint violent sera considérée en état de démission légitime et pourra percevoir les prestations de la Caisse. Qui oserait voter contre cela, même si certaines seront peut-être tentées de se victimiser pour toucher une indemnité ? Ou encore, qui se prononcera contre une autre réforme sainte, celle de l'allocation de présence parentale versée aux parents qui interrompent ou réduisent leur activité pour s'occuper d'un enfant gravement malade, handicapé ou accidenté ? Il faut être le père Grandet pour dire non.

Tout cela n'est pas fortuit. L'attachement de la fonction publique aux malades, aux défavorisés, aux malheureux de tous bords relève d'une stratégie instinctive et volontaire de la part des syndicats, principalement. Non sans un certain cynisme ! Dans un pays où il est politiquement incorrect de critiquer les moins chanceux, où il faut à tout prix les aider, comment s'en prendre à ceux qui s'en occupent, les fonctionnaires, les services sociaux, les agents des services publics ? En promouvant les intérêts de la population « pauvre », les fonctionnaires pérennisent leur propre rôle dans la République. Les Franciscains ne faisaient pas mieux en la matière.

Dans cette ambiance, on a un peu tendance à confondre l'État avec la Croix-Rouge. Dans son livre, *La République compassionnelle*, Michel Richard constate que le gouvernement a émis pas moins de 25 communiqués officiels sur le crash d'avion à Charm el-Cheikh. « Il y a un marché de la compassion, une addiction au malheur, une compétition victimaire », constate de son côté l'ancien ministre Hubert Védrine.

Et les chômeurs du pays ? Aux États-Unis et dans bien d'autres pays développés, ils se dépêchent de trouver un autre boulot pour éviter de se faire traiter de *loser*. Mais, ici, la fonction publique fait d'eux des objets de charité qui doivent être soignés avec autant de considération qu'un sidéen.

Confronté à un reportage de M6 sur la manière bien plus ferme, voire musclée, des *Jobs centres* en Angleterre, Pierre Moscovici du Parti socialiste refuse catégoriquement une telle approche qu'il qualifie de « flicage ». Tant pis si les Anglais ont radicalement fait baisser le taux de chômage. Pour lui, l'ANPE doit manifester la plus grande des charités chrétiennes. C'est réussi, et avec les résultats que l'on connaît, soit deux fois plus de chômage en France qu'outre-Manche. Pourtant, d'autres administrations arrivent à exercer un certain flicage, notamment le fisc. Dites-leur que votre toutou était malade au moment de régler votre tiers provisionnel et vous aurez droit à beaucoup moins de compassion.

Pour ses défenseurs, la fonction publique n'est rien moins qu'un îlot de bonté dans le vaste océan d'obscénités néolibérales qui l'entoure. Cinq millions de Dreyfus. Des saints et saintes sont sous-payés pour exercer un dur labeur, sans stock-options, ni prime d'intéressement car pour eux, la seule chose qui compte, c'est de donner raison aux pauvres et aux malheureux. C'est simple, les œuvres de Mère Teresa, à côté, c'est le goulag.

C'est d'ailleurs la grande et belle leçon délivrée par un sociologue farouchement anticapitaliste comme Christophe Dejours : le service public est le seul domaine où un Français peut travailler avec dignité et moralité. À l'inverse, les forçats du secteur privé ne sont que des collaborateurs de la machine capitaliste. Il va jusqu'à dresser une comparaison entre l'acceptation du libéralisme et la soumission du peuple allemand au nazisme. Avec des types comme lui, on serait tenté de croire que tous les fonctionnaires ont refusé les ordres de Vichy…

Pourtant, les fonctionnaires qui ont un contact direct avec le public ne répugnent pas à tirer profit de leur situation, parfois. Que penser par exemple de la tradition des calendriers ? Deux pompiers en uniforme ou un gentil postier (qui trouve exceptionnellement l'énergie pour monter les cinq étages) sonnent à ma porte pour demander si je veux un calendrier pour la nouvelle année. Traduction : voulez-vous nous donner un pourboire ?

Qui saurait dire non à ces braves serviteurs du public ?

Moi.

Je trouve trop bizarre cette charité pour fonctionnaires qui me rappelle les donations *facultatives* à United Way, une confédération de charités, à laquelle les salariés américains sont « encouragés » à souscrire sur leur lieu de travail, avec le concours du patronat. Et celui qui refuse sera certainement bon pour la charrette lors du prochain plan social.

Un tel réflexe parano ne me vient pas à l'esprit en ce qui concerne les braves postiers. Je n'imagine pas qu'une prochaine lettre de mon employeur ou d'une caisse de retraite puisse se trouver livrée dans une poubelle du quartier à cause de ce refus. En même temps, il m'arrive encore une fois de penser avec effroi au compteur de Jean-Pierre Raffarin, un épisode qui rappelle la destruction de la maison d'Auguste Thiers par les communards. Ce petit *« niet »* m'a fait souffrir d'un complexe de culpabilité pendant les deux dernières semaines de l'année, une période plutôt joyeuse, normalement. En plus, ces fonctionnaires « quémandeurs » sont parfaitement courtois, me souhaitent une très bonne journée avec un sourire exemplaire (suivent-ils une formation ?). Suis-je un horrible ingrat ? Ces pompiers pourraient un jour me sauver la vie ! Et puis qui sait si ces braves soldats du feu n'ont pas une vie précaire, comme ces CDI de la Ville de Paris qui sont néanmoins SDF avec une épouse et des gosses à charge ?

Je raconte l'épisode à Jean-Paul pensant qu'en bon cynique de base, il va me comprendre, ce vieux pote. Mais non ! Il est choqué par mon refus, le salaud.

« Ah, bon ? Même pas 2 euros ? T'as vraiment rien donné du tout ? »

Il a l'air de me découvrir pour la première fois. Je me sens seul. C'est trop horrible. Partout où je me promène dans la ville, il me semble voir des calendriers, chez le cordonnier, le marchand de journaux. Tout le monde a donné, sauf moi. Pour enfoncer le clou, on passe un reportage à la télé, comme tous les ans, sur Patrick Camail, un facteur à Tigy (près d'Orléans) qui transforme son vélo en un véritable sapin de Noël ambulant.

Heureusement, le soulagement arrivera quelques jours plus tard. Pendant les actus à la télé, on interviewe un gentil facteur sur la vente des calendriers.

« Ça fait un treizième mois ! », lance-t-il guilleret.

Tu parles !

Et puis, ces fonctionnaires sauvegardent savamment leur monopole du cœur. En janvier 2005, leurs syndicats ont sagement patienté pour laisser passer la vague de compassion pour les victimes du tsunami avant d'immobiliser le pays avec des grèves à partir du 18 janvier. Pas question de partager la vedette avec des pauvres diables qui meurent par dizaines de milliers : cela relativise les lamentations sur la pénibilité du travail dans l'Hexagone.

Pour beaucoup, la véritable vocation de la fonction publique est essentiellement « sociale », traduction politiquement correcte de « charitable ». Le syndicaliste Daniel Brown, du SNJ-CGT, critique la pratique de contrats provisoires à RFI, qui émet en vingt langues et où un tiers des journalistes sont précaires. « C'est très grave quand on sait que la carte de séjour de certains journalistes étrangers dépend de leur statut professionnel », dit-il. Autrement dit, l'employeur doit pérenniser tous les étrangers pour qu'ils puissent s'assurer un titre de séjour. Les intérêts de la maison, et surtout son budget, passent au second plan. Quand on aime, on ne compte pas.

Pour convaincre les contribuables — et leurs élus — de payer plus d'euros pour plus de fonctionnaires, les syndicats utilisent des méthodes ultra-sophistiquées mises au point par des consultants étrangers, notamment les mendiantes gitanes : surtout, faire pitié.

On nous présente à la télé le cas d'une infirmière scolaire dans les Alpes-Maritimes, qui travaille sur trois ou quatre établissements car, horreur !, toutes les écoles n'ont pas de permanence de soins. Nous regardons avec émotion cette Jeanne d'Arc de la santé publique placer un petit pansement sur le doigt d'un élève. Les syndicats nous rappellent qu'on doit embaucher quelques milliers d'infirmiers de plus non pas pour eux mais pour les « jeunes », « parce que les jeunes sont *nos* élèves et *nos* étudiants mais également *nos* enfants », selon la FSU et l'Unsa qui soulignent : « le suicide des jeunes, ça existe ». Ce qui est admirable chez les fonctionnaires, c'est leur altruisme astucieux. Un fonctionnaire gréviste donne toujours l'impression de faire cela pour *nous*, pour notre plus grand bien… J'ai aussi connu des dentistes qui me conseillaient des soins au prix d'une villa de vacances. Pour mon bien.

La fonction publique a su profiter d'un *Zeitgeist*

(une tendance) qui se nomme précarité, en se posant comme le dernier rempart contre ce fléau. Un défenseur de l'État providence comme Malek Boutih évoque « une grande, grande souffrance dans le pays », et personne ne le contredit, même si la France est quand même loin d'une pauvreté à l'africaine.

Mais, sachez-le, il n'existe pas de lieu de souffrance plus immense en France et en Navarre qu'un service public après l'ouverture de son capital, pour utiliser le terme de Lionel Jospin. Dans son livre lacrymogène, *La Machine à broyer*, Dominique Decèze nous dresse un tableau de France Télécom comme un nouveau Guernica : suicides, dépressions, harcèlement, stress, maladies, le tout sous la coupe de DRH qui feraient frémir Attila. Mais le pire des fléaux pour cet ex-service public, c'est la compression du personnel. De presque 150 000 agents en 1997, leur nombre total est tombé autour de 100 000. C'est affreux même si, bizarrement, Decèze ne nous dit pas en quoi cet effondrement des effectifs a privé les Français de communications téléphoniques.

Entre les arguments anxiogènes des déclinologues et les lamentations permanentes des fonctionnaires du social, il est incroyable que les Français puissent survivre sans tous se tailler les veines.

« Personne n'est à l'abri du malheur », me lance un jour une mendiante qui fait sa quête dans le métro parisien.

Serait-elle un agent d'ambiance de la RATP ?

## XIII

## *Au bonheur des taxes*

Dans ma carrière de grand reporter pour *Newsweek*, j'ai eu l'occasion de témoigner de tout ce que le monde peut offrir de plus exotique : des rites tribaux en Afrique, des *élections* dans un pays marxiste, des épurations ethniques chez des Slaves balkaniques de la même ethnie…

Mais la France m'a réservé une surprise de taille. Avant de venir ici, je pensais que c'était impossible, mais plus maintenant depuis que je l'ai vu de mes propres yeux : un peuple *addict* voire *amoureux* des impôts. Appelez ça comme vous voulez, taxes, cotisations, dîme, contributions, prélèvements, solidarité… qu'importe l'appellation, les gens semblent en redemander.

« Soulagement », titre *Le Figaro* quand l'Unedic annonça fin 2005 une solution à sa crise financière. La « solution » ? Une augmentation des cotisations salariales et patronales, déjà les plus élevées du continent. Bientôt, ce sont les nantis du pays qui applaudissent lorsque le gouvernement crée un « bouclier fiscal » limitant les impôts, y compris l'ISF, à 60 % des revenus. Bravo ! Youpi !

Mais dans quel univers vivent donc ces Français, citoyens d'un pays où des hausses de la pression fiscale arrivent presque à rassurer ? Si on avait « plafonné » les impôts à 60 % des revenus aux États-Unis, les contribuables de mon pays auraient envahi Washington pour brûler la Maison-Blanche et mettre à sac le Congrès. Pas les Français qui voient dans les prélèvements obligatoires, le carburant de leur État providence, plus boulimique que n'importe quel 4 × 4 (avec une tenue de route plus incertaine). Accepter une fonction publique importante, c'est nécessairement accepter des taxes pour (se) la payer : les Français sont au moins logiques. Comme dit le député André Santini : « Semez des fonctionnaires et vous récoltez des impôts. »

La maîtrise des dépenses, en revanche, est souvent observée avec une grande suspicion, comme une immense arnaque en puissance. Le maire de Mourmelon (Marne), Fabrice Loncol, a fait baisser les impôts locaux pendant six années consécutives. De 25 % en tout. A-t-il eu droit à des vivats de ses électeurs ? Pas vraiment. « C'est très bien dans la mesure où cela baisse, mais je ne voudrais pas que cela monte de 10, 15 ou 20 % dans les années à venir, d'un seul coup », commente, méfiante, une résidente de cette commune, il est vrai peu habituée aux bonnes nouvelles depuis le passage d'un certain Pierre Chanal. Et quand Nicolas

Sarkozy, tout juste installé à Bercy, promit de gérer les finances du pays « en bon père de famille », il préféra oublier cette formule magique une semaine plus tard. *A priori* rassurante, elle ne faisait absolument pas recette.

Il fut des siècles où la France régnait sur le monde civilisé par l'éclat de ses monarques, la bravoure de ses armées d'Austerlitz à Wagram, puis par le talent de ses lettrés ou par le génie novateur de ses peintres impressionnistes. Contrairement à ce que disent certains pessimistes, cette ère de grande créativité n'a pas disparu à l'époque actuelle. L'inventivité française est désormais celle des fonctionnaires toujours capables d'imaginer de nouvelles taxes et celles des élus qui les approuvent. Et le pays qui a donné au monde la TVA (qui a conquis cent fois plus de territoire que les forces armées du Pentagone mais que nous, Américains, rejetons toujours) ne compte pas se reposer sur ses lauriers. Fini les impôts désuets sur les fenêtres ou pour chaque son de cloche (pour payer les frais de bouche d'une maîtresse du roi), la fiscalité contemporaine est la vraie gloire de la France.

Pas étonnant que vos politiques-énarques-polytechniciens rivalisent pour tenter d'inventer de nouvelles taxes, aidés en cela par d'autres hauts fonctionnaires dont la retraite dépend de ces trouvailles. Et ces messieurs ont découvert qu'il est plus aisé d'augmenter les recettes que de réduire les dépenses. De même, chaque homme d'État se sent obligé de proposer *sa* taxe, comme il doit impérativement sortir *son* livre. Jacques Chirac a instauré sa taxe de « solidarité » sur les billets d'avion destinée à acheter des médicaments pour le tiers-monde. Bien sûr, la France aurait pu simplement augmenter son aide aux pays pauvres d'un montant égal à cette nouvelle taxe (estimée à un piètre 200 millions d'euros par an, avant frais administratifs), mais cela aurait manqué de panache et surtout, cela n'aurait pas permis la création d'une nouvelle bureaucratie pour la collecte de cette taxe. Chirac ayant tout tenté, en vain, pour décrocher le prix Nobel de la paix, pourquoi pas une nouvelle taxe, même si une étude des Nations unies estime que seules 5 % des aides françaises servent véritablement à la lutte contre la pauvreté dans le tiers-monde, le reste allant dans les poches d'« experts » ou dans des projets inutiles. Désormais, le reste de la classe politique attend son heure de gloire. François Bayrou propose un prélèvement sur les produits importés. Les socialistes rêvent d'une TVA sociale. Et les Verts mettraient bien une belle taxe sur chaque semence OGM pour porter le prix de vente d'une graine au niveau de celui d'un sac Hermès.

Les élus du pays donnent le *la* et tout le monde est prêt à embrayer avec sa propre idée forcément originale. La Gaule devient un gigantesque laboratoire de *brainstorming* fiscal : Attac et sa taxe Tobin originelle (que même l'inventeur James Tobin ne soutient plus), une proposition de taxe dite additionnelle sur les ménages qui fleurit à Marseille, Brest et Nancy, le projet de taxes sur les CD vierges (et bientôt sur les disques durs et les clés USB sûrement) validé par le Conseil constitutionnel, Emmaüs et sa taxe pour payer le recyclage des vieux vêtements… Qui n'a pas sa taxe ? Comme notre Parti démocrate avant Bill Clinton, vous êtes des adeptes de la politique *tax and spend* (taxer et dépenser), un programme qui a garanti au Parti républicain vingt ans de Reagan et de Bush & Fils.

Et puis, n'oublions pas que les taxes ont la vie longue, plus longue que celles des contribuables. Vous achetez une résidence avec un prêt bancaire ? Le processus de l'hypothèque est, depuis belle lurette, informatisé, mais les 2 000 euros en « taxe de publicité foncière » et pour le « salaire du conservateur des hypothèques » restent inchangés.

La France, tout en accusant Washington d'« hégémonie », fait de son mieux pour faire rayonner sa vision de la fiscalité à l'extérieur de l'Hexagone. C'est comme une sorte de colonialisme fiscal, notamment vers les nouveaux membres de la Communauté européenne. Paris les menace constamment de les priver des aides au développement de Bruxelles s'ils s'obstinent à refuser d'augmenter leurs taxes et prélèvements. Pour l'instant, ils résistent, ces demeurés…

OK, de temps en temps, c'est vrai que le Français moyen se rebelle contre la fiscalité, comme il l'a fait en 2000 quand le prix de l'essence approchait les 8 francs le litre. Mais, en réponse, les énarques instaurèrent la TIPP « flottante » qui n'a flotté que le temps de voir la rébellion se tasser. Depuis, l'essence frise les 1,50 euros le litre, soit environ 10 francs, et toujours pas de manif. Le contribuable frondeur a la mémoire courte et les maîtres imposeurs de Bercy, qui ne tiennent pas le simple Français en très grande estime, ont gagné. Car ces serviteurs de l'État, avec leur taxation à volonté et leur ISF, ont enfin réussi à donner à la nation ce qui lui manquait depuis la Révolution : une véritable diaspora.

On a su dans les cabinets ministériels adapter les taxes au goût des contribuables, qui les aiment plutôt sans saveur et totalement invisibles, comme la TVA. Quand les bonnes âmes proclament qu'il est difficile pour un smicard de vivre avec son salaire, elles oublient de citer cette taxe qui rend les achats essentiels de la vie plus chers comme l'une des causes principales de la situation des *working poors*. Et pourtant, c'est bien le cas. L'impôt sur le revenu, qualifié de « citoyen » même si la moitié des contribuables ne le paie pas, est progressif, pas la TVA. Le démuni règle ses 5,5 % ou ses 19,6 %, comme le millionnaire. Pour un gouvernement socialiste, par exemple, il serait plus politiquement logique de réduire la TVA de moitié et d'appliquer l'impôt sur le revenu à presque tout le monde. Mais comme les fonctionnaires de

Bercy déconseillent fortement une telle visibilité… En outre, ces experts ne se privent pas de rappeler aux gouvernants que l'impôt sur le revenu ne sert qu'à payer l'intérêt de la dette, alors que la TVA permet à l'État de vivre.

Tout cela vous autorise à revendiquer le titre de « peuple le plus surveillé du monde occidental ». Nous disposons de 80 000 agents pour l'impôt sur le revenu aux États-Unis contre… 130 000 en France, alors que l'Amérique est presque cinq fois plus grande. Cela explique pourquoi un plombier qui travaille au noir chez nous accepte volontiers d'être payé par chèque car on contrôle très peu, tandis qu'en France chaque compte en banque est surveillé comme une vierge au bal des débutantes.

Mais la vedette dans le cœur des fiscalistes de Bercy reste tout de même la taxe d'habitation. On l'aime celle-là parce qu'elle a l'invisibilité d'un requin (jusqu'au jour où il fait surface pour mordre) et que tout le monde peut y ajouter sa sauce : collectivités, municipalités, régions… tous y trouvent une place dans un brassage brillamment opaque. Bien sûr, on entend des cris de détresse au mois de novembre de la part de contribuables étonnés du montant de leur facture qui rappelle les pratiques de ces boîtes de nuit arnaqueuses où le maître d'hôtel, épaulé par deux serveurs baraqués, vous présente une addition salée en fin de soirée, tandis que l'entraîneuse se retire dans les ténèbres de l'arrière-boutique. Et puis, la caravane passe, on oublie, on paie en attendant l'année suivante.

Parfois, comme un peintre frustré devant sa toile blanche ou un écrivain en panne d'inspiration, les inventeurs des taxes sont à court d'idées. Dans ces moments, un bon haut fonctionnaire doit savoir regarder ailleurs, vers l'élargissement de l'« assiette », un mot que je comprenais dans son sens culinaire lors de mon arrivée en France. La finesse de la pensée fiscaliste m'échappait alors, comme, par exemple, ce fameux « plafonnement du plafonnement », imaginé par un énarque de renom, Alain Juppé (et saupoudré d'une augmentation de 11 % de la TVA). Maintenant que je vis en France depuis une douzaine d'années, je considère ces actes de pur génie comme simplement naturels.

Existe-t-il un risque de voir ces fonctionnaires pro-impôt aller un jour trop loin et déclencher une vraie révolte populaire avec des millions de contribuables investissant le macadam et faisant trembler de peur le pouvoir ? L'histoire moderne de votre pays nous rassure : les Français, depuis deux siècles, ne se sont jamais soulevés à cause des taxes car ils les *aiment* de tout cœur. Et, à un point tel, qu'ils acceptent même de payer des taxes sur les taxes, un sommet dans l'autoflagellation. À ma première facture EDF, j'ai cru à une faute d'impression : on me faisait payer la TVA sur les taxes locales. Un truc très étonnant pour un ressortissant d'une Amérique qui s'était révoltée contre le roi d'Angleterre à cause d'une taxe sur le thé. Mais non, aucune coquille dans la facture EDF. C'était moi, le naïf américain, qui manquait d'imagination fiscale, moi qui pendant toute ma jeunesse dans les plaines de l'Ohio ne concevais pas l'existence d'un pays très lointain où les citoyens payaient une taxe sur la taxe. Depuis, je me suis un peu francisé, et j'ai appris petit à petit, à chaque nouveau tiers provisionnel, à accepter comme vous la fatalité de cette avalanche de taxes républicaines. Grâce à vos fonctionnaires, j'y vois même désormais un univers riche d'astuces : si on n'arrive pas à créer des emplois, au moins on peut faire naître des taxes. Et à chaque fois qu'il m'arrive de payer mon impôt sur le revenu, non seulement sur mon revenu mais aussi sur la CSG-CRDS non déductible que je n'ai pas empochée, je me sens presque privilégié : tout cela n'aurait pas été possible si j'étais resté là-bas, dans mon bled d'outre-Atlantique.

## XIV

### *La baby-sitter bureaucratisée*

Imaginez quelle fut ma joie quand Dave me téléphona un jour pour m'annoncer la bonne nouvelle : il serait bientôt muté à Paris, comme correspondant pour son journal. Je le félicitai vivement en promettant de l'aider en tout pour son installation en France. J'avais rencontré Dave quand j'étais chef du bureau de *Newsweek* à Rome. Lui, jeune journaliste pigiste et moi, plus expérimenté, nous avions sympathisé. On déjeunait souvent ensemble, et on se refilait des tuyaux.

Après mon départ de la Ville éternelle, on est restés en contact, et j'ai pris plaisir à suivre sa carrière. Après quelques années, il est rentré aux États-Unis, assumant de plus en plus de responsabilités au sein de son quotidien. Sur un plan plus perso, Dave divorça d'avec sa première femme puis après quatre années de célibat (période pendant laquelle je lui offris de précieux conseils), il se remaria avec une charmante femme, de vingt ans de moins que lui, Stella. Bientôt vint au monde une petite héritière, âgée aujourd'hui de

2 ans. Les deux parents étaient ravis de pouvoir s'installer en France, d'autant plus que leur fille, Chipsy, pourrait apprendre la langue de Molière à un très jeune âge.

« Au fait, Ted, tu pourrais m'aider ? me demanda un soir Dave au téléphone. Stella voudrait savoir comment cela se présente en France avec les baby-sitters. On aura besoin de quelqu'un pour garder Chipsy. »

Sachant que Dave et son épouse parlaient très peu le français, je lui proposais sur-le-champ de m'occuper « à 100 % » de ce dossier important. « 100 % », c'est exactement ce que j'ai dit.

Il est des mots et des actes qu'un homme regrette par la suite toute sa vie, comme Louis XVI et ce « néant » écrit dans son journal intime à l'aube de la Révolution, Giscard et sa chaise vide à la télé, Bill et sa Monica, ou Chirac et sa « fracture sociale ». Toutes proportions gardées, bien sûr.

Mais à cet instant, je ne soupçonnais rien.

Une fois installé dans le 12$^{e}$ arrondissement de Paris, le couple m'invita à dîner chez eux, et après le repas, nous évoquâmes la question de la baby-sitter.

« On voudrait pouvoir profiter de la ville, me dit Stella. Et ce serait bien pour notre fille d'avoir une nounou francophone. On peut compter sur toi, Ted ?

— Pas de problème ! », répondis-je, en toute naïveté.

Dès le lendemain, je vérifiai les annonces dans la boulangerie du coin et trouvai le nom d'une jeune étudiante, Barbara, qui cherchait du travail comme baby-sitter. Je lui téléphonai de la part de mes amis et expliquai la situation.

« CDI ou CDD ? me fit-elle comme seule réponse.

— Pardon ?

— Vos amis veulent-ils quelqu'un à durée indéterminée ou à durée déterminée ? », précisa-t-elle.

Tout à coup, j'avais l'impression d'être embarqué en plein dans les accords de Grenelle.

« Euh… vous savez, juste une baby-sitter, de temps en temps… »

La voix de Barbara se tendit, comme si elle avait affaire à un employeur abusif.

« Vous ne me proposez tout de même pas de travailler au black, j'espère ? », s'insurgea-t-elle.

Son ton contenait un parfum de scandale, comme si je l'avais invitée à commettre un délit. Je promis de la rappeler, et en raccrochant le combiné, je remarquai que ma main tremblait légèrement. Un contrat de travail pour une baby-sitter ? Pas possible.

Mais si. Après avoir contacté une deuxième candidate suivie par une agence spécialisée dans la garde des enfants, j'en conclus cette triste vérité : la bureaucratie française et ses serviteurs, en l'occurrence l'Urssaf, sont déjà passés par là. À moins de n'utiliser une baby-sitter que *très* occasionnellement, par exemple une fois par mois, il faut établir un contrat. Et toutes les baby-sitters semblaient vouloir être déclarées, pensant déjà à leur retraite dans quarante ans.

« C'est une blague ?, demanda Dave quand je l'informai de cette réalité.

— C'est qu'en France, il faut tout de même savoir que des contrôles existent.

— Allez, Ted. Même pour les baby-sitters ? »

Je me mis alors à essayer de lui expliquer la loi en France, y compris la garde à vue et la détention provisoire, quand il me fit signe.

« Stop, Ted ! Stop ! Je ne peux absolument pas risquer ma carrière ainsi. J'ai compris, la France est un pays civilisé, un pays de lois. Et je tiens à les respecter, ces lois françaises. »

Il avait parlé comme un bon Anglo-Saxon.

Deux jours plus tard, je débarquai chez Dave et Stella avec un dossier pour l'embauche d'une baby-sitter. Stella me regarda comme si j'étais un VRP malintentionné.

« Vous aurez besoin de ces six documents », leur expliquai-je en présentant le contrat de travail écrit, la déclaration d'employeur pour tous les emplois familiaux, la demande de l'Aged, la fiche de paie, la première déclaration trimestrielle pour l'Urssaf et la convention collective.

Je laissai tomber le dossier sur la table basse. Il pesait si lourd que le meuble vibra un instant.

« C'est quoi l'Aged ? », me demanda Dave.

Je remarquai alors une petite veine sur sa tempe qui commençait à battre fort. Je leur expliquai le fonctionnement de l'Aged remplacée à terme par l'Apaje, mais jusqu'en 2007 les deux aides coexisteraient puisque l'Apaje n'est attribuée que si l'enfant est né après le 1er janvier 2004. J'étais prêt à lui détailler les plafonnements de l'Apaje, mais il me coupa la parole :

« Une aide pour les parents qui utilisent une baby-sitter ? », lança-t-il, ébahi.

Il demanda à sa femme d'aller lui chercher une aspirine.

« Mais, pourquoi le gouvernement nous aiderait à payer une baby-sitter ?

— Parce qu'on veut encourager les gens à ne pas payer les employés au noir. En France, 6 millions de foyers utilisent des "aides à la personne" dont près de la moitié au noir », lui dis-je.

Sur une feuille de papier, je fis les calculs pour les deux parents. Une baby-sitter payée au black, coût : 8 euros l'heure. Une baby-sitter légalement déclarée : 8 euros l'heure, plus autant pour les charges sociales.

« Mais avec l'Aged, si votre dossier est accepté, vous pourrez tous les deux déduire les frais de garde sur votre déclaration de revenus. Et comme ça, si la baby-sitter a un accident sur son lieu de travail, vous êtes protégés. Pareil si vous avez un contentieux avec elle. Par contre, si vous la payez au noir, elle pourrait vous dénoncer à l'inspection du travail.

— Encore la garde à vue ?, s'inquiéta Dave.

— Précisément ! »

Mon confrère commençait, enfin, à comprendre le modèle français, et je l'en félicitai.

Au lieu de sortir pour découvrir le dernier film à succès ou le plus branché des cafés parisiens, ils passèrent plusieurs soirées à travailler avec moi sur le dossier. À l'issue de ce marathon, Dave et Stella commençaient à regretter leur vie simple dans la banlieue américaine. Un sentiment renforcé deux jours plus tard lorsque je téléphonai à Dave pour lui annoncer une mauvaise nouvelle.

« J'ai oublié la carte orange. C'est obligatoire de payer une demi-carte orange en région parisienne. »

Il ne dit mot. Autrefois ami, je devenais pour lui le messager du malheur et je sentais un brin de méfiance dans la voix de Stella qui semblait me tenir pour responsable de cette complexité administrative. C'est vrai que j'ai commis quelques erreurs. Par exemple, une soirée entière avait été dédiée — à mon initiative — à la possibilité d'utiliser le Chèque emploi service universel (Cesu), mais leur dossier fut refusé par la banque pour manque de documents. De toute façon, le Cesu ne dispense d'élaborer un contrat de travail que si le nombre d'heures de travail est faible et, « en prime », il ne vous permet pas de toucher les aides de la CAF (Aged ou Paje).

Une autre soirée fut consacrée à l'épineuse question de la cotisation forfaitaire ou sur le salaire réel. Et encore une autre se consuma sur l'importance d'établir un salaire horaire brut, car c'est sur lui que s'appliquent les minima définis par la convention collective. Et puis, je découvris que j'avais bêtement confondu l'Apaje avec la Paje, ou l'inverse. Je leur promis de vérifier à la mairie…

« Nous sommes ici depuis un mois et toujours pas de baby-sitter », remarqua Stella, un peu agacée.

Dommage que Dave ait choisi en secondes noces une partenaire aussi peu admirative des formalités.

Pour couper court à ce véritable casse-tête, Dave et Stella ont fini après deux mois de procédure par embaucher une baby-sitter, cette même Barbara que j'avais contactée. On s'est un peu perdus de vue après, moi et Dave, tellement nous nous étions fréquentés pendant cette période. Mais je supposais que tout le monde était content et que leur couple se livrait, enfin, aux joies de la Ville Lumière.

Un jour, Dave me téléphona, et je décelai dans sa voix une part d'angoisse.

« Peux-tu m'expliquer ce que c'est que les prud'hommes ? me demanda-t-il.

— Pourquoi ?

— J'ai reçu une convocation… »

Rentrant plus tôt que prévu un soir chez eux, ils avaient trouvé la baby-sitter à poil et en pleines agapes avec son copain sur le divan. Stella s'était précipitée pour chercher sa fille (qui dormait paisiblement) avant de congédier Barbara sur-le-champ. Du coup, celle-ci attaquait le couple en justice pour licenciement abusif.

« Est-ce possible ?, me demanda Dave au bord de la crise de nerfs.

— Ben, en France, il faut justifier un licenciement… balbutiai-je.

— QUOI ! ! ! ! ON NE PEUT PAS VIRER UNE BABY-SITTER QUI BAISE SUR NOTRE DIVAN ? C'EST QUOI CE PAYS ?

— Je te signale que baiser est un acte naturel. C'est-à-dire, ce que je veux dire, c'est qu'il faut suivre des procédures. Même si je comprends ton désarroi. »

Dave a fini par aller voir un avocat spécialisé dans le droit du travail, car Stella, semble-t-il, ne voulait plus me voir chez elle, pas plus que la Barbara. Je suis devenu *persona non grata*, pour la première fois depuis que Nicolae Ceauşescu m'avait interdit de séjour en Roumanie. De temps en temps, je prenais une bière en cachette avec Dave, dans un café loin de chez lui, pour que sa femme ne nous découvre pas ensemble. On discutait du bon vieux temps à Rome.

À cette époque, avant les baby-sitters et l'Urssaf, notre vie était plus facile. Vraiment.

## XV

## *Du foin, du vin et des subventions*

Le buveur de vin du Nouveau Monde ? C'est souvent un beauf qui ne parle pas un mot de français à part « Voulez-vous coucher avec moi ? », qui n'a jamais entendu parler de « terroir » et qui veut picoler à table pour faire passer le *meat loaf* cuisiné par son épouse (qui elle-même picole pour occulter la présence de son « prince charmant »).

Avec ces gens-là, il faudrait un marketing, disons-le, plus vulgaire pour en faire des consommateurs de vin français. En utilisant par exemple des termes comme *french wine* ou *burgundy's best.* À Columbus, dans l'Ohio, une telle stratégie pourrait marcher car, chez nous, on dit que personne n'a jamais déposé le bilan en sous-estimant le niveau culturel du client américain.

Mais, en agriculture comme dans d'autres domaines, vos fonctionnaires s'assoupissent pendant que la maison brûle. Le monde viticole en est l'exemple le plus médiatisé. Élevés dans la certitude de la supériorité du vin français, les responsables des appellations contrôlées (AOC) et les fonctionnaires de l'Inao (Institut national des appellations d'origine) vivent dans un passé glorieux, au nom de la tradition vinicole. Avec pour résultat qu'entre 1999 et 2004 l'exportation du vin de l'Hexagone a accusé une baisse de 11 %, alors que l'Amérique a gagné 49 % de part de marché, les Chiliens 96 % et l'Australie 152 %. La France a vu sa part de ce marché mondial fondre de 25 % à 19 %, en même temps que la baisse de la consommation domestique. Le vin français est excellent, mais ces chiffres sont alarmants, et ils sont dus au refus de reconnaître l'existence de ces consommateurs beaufs du Nouveau Monde (et d'ailleurs).

« La plupart des gens dans ce monde boivent du vin qui ne coûte pas cher et bas de gamme. Le plus important, c'est de comprendre les souhaits du client », constate l'œnologue anglais Stephen Parnell, ajoutant : « C'est en ça que les Français sont nuls. »

Le mot « terroir » n'est pourtant rien d'autre qu'une merveille de marketing, mais qui ne sert malheureusement qu'à un usage interne, pour convaincre les consommateurs français que si jamais ils optaient pour du beurre espagnol ou des champignons africains, ils risqueraient une apoplexie d'origine gastrique. En bref, c'est un mot pour valider les choix de fonctionnaires protectionnistes. Y compris en matière d'export. Car, dans ce domaine clé pour l'avenir, un viticulteur de l'Hexagone travaille les menottes aux mains.

Enivrés par cette croyance que le vin français est supérieur aux autres, ils doivent composer avec le principe que les gadgets de marketing ne sont pas nécessaires voire illégaux. Et les ayatollahs de l'Inao veillent, même s'ils ne voient que la crème de la production, ces 2 à 3 % des meilleurs bordeaux ou bourgognes qui depuis des siècles n'ont aucune difficulté à trouver preneurs dans le monde. Les producteurs des 98 % restants peuvent continuer à pleurer.

« Du vin standardisé comme le Coca-Cola, quelle horreur ! », proclament en chœur les tenants du dogme vinicole. Et leurs lois, figées pour les « grands crus » depuis 1855 et codifiées pour les appellations en 1905, une époque où il fallait faire plaisir à plus de 40 % de l'électorat qui était encore rural, ne permettent pas aux viticulteurs qui souhaiteraient s'adapter au marché étranger de le faire.

Pour le célèbre œnologue Michel Rolland, l'Inao n'est plus qu'un « vieux monsieur [qui sert surtout] à entretenir des querelles de clocher ». Et à empêcher l'innovation au nom d'une tradition devenue administrativement inchangeable. Un autre consultant en vins, Thierry-Paul Leroux, constate que l'Inao doit fixer les cépages autorisés, la date des vendanges, le nombre de mois d'élevage en barriques nécessaires pour certaines appellations ou encore dire si le nom d'un cépage peut apparaître ou pas sur un label, définir la taille des lettres et l'ordre des mots sur ce même label, etc.

« Les viticulteurs français n'auraient-ils pas tous leurs esprits pour avoir besoin de la tutelle de fonctionnaires installés à Paris afin de savoir s'ils peuvent arroser ou pas, comme en 2003, par exemple ? », s'interroge le spécialiste.

Résultat de ce carcan administratif ? Pour Morris, mon ami de Columbus, choisir une AOC française n'est qu'un casse-tête. « Je ne suis jamais arrivé à acheter le même vin français deux fois », se plaint-il. Morris aime bien boire un verre ou deux au dîner, surtout le week-end. Mais, comme tant d'autres consommateurs étrangers, à qui l'on n'a pas inculqué l'inviolabilité du terroir français dès le berceau, ses connaissances en vin se limitent à deux termes : « rouge » et « blanc ».

Le vin français à l'étranger — et par conséquent son exportation — est fragmenté entre 467 appellations (on en ajoute, en moyenne, une par an). Sans parler des variations de millésime en millésime. Parfois, en France, on peut trouver un petit guide des millésimes dans les agendas, mais pas aux États-Unis, ni ailleurs dans le monde. En plus, l'étiquette d'une bouteille française et sa bonne douzaine d'infos se déchiffrent aussi facilement que de l'hébreu (pour les *goyim*). Il faut un diplôme en œnologie pour faire son choix entre les vins français. Tandis qu'un vin australien, avec une jolie étiquette montrant un marsupial et un minimum de renseignements effraie moins le simple *wine lover.*

Pas étonnant que les fonctionnaires du monde viticole traînent quelques décennies derrière le reste de la planète car, après tout, la campagne française tout entière est demeurée une grande illusion administrative sur fond de verdure qui coûte des dizaines de milliards en subventions. Comme le disait Tony Blair, vos fonctionnaires du domaine agricole s'arrangent pour que l'Europe dépense 715 euros pour chaque vache (à comparer aux 6 euros destinés à chaque Africain) plutôt que d'investir dans la modernisation du pays. En somme, les cités-poubelles de l'immigration existent pour que les fermiers, de souche franco-française, puissent vivre nombreux. C'est un choix, un peu douteux.

Pourquoi le mot « illusion » ? Le problème avec le monde agricole, c'est son côté artifice, soigneusement entretenu par les aides de plusieurs services de l'État. Le terroir dont parlent les Français avec une révérence infinie, c'est un peu votre Disneyland, mais en beaucoup moins rentable. La campagne française est aussi « naturelle » que les OGM ou que l'émission *La Ferme* sur TF1. Aux États-Unis également, nous avons encore quelques *gentlemen-farmers* illusionnistes, des banquiers ou des P-DG qui s'offrent une petite exploitation sans se soucier de rentabilité — mais pas 1,3 million d'individus comme ici !

Vos « agriculteurs » sont en réalité des fonctionnaires de la terre, payés chaque mois par Paris et Bruxelles, principalement grâce à la Politique agricole commune (PAC) européenne, que vous défendez bec et ongles. Car sans l'Europe (contre laquelle 69 % de vos agriculteurs ont pourtant voté en mai 2005), votre campagne serait comme la nôtre, des grandes exploitations (subventionnées, hélas, aussi chez nous) sur de vastes étendues où l'on recherche une efficacité digne d'IBM. Fini le romantisme du terroir, financé par les contribuables allemands. Dans ce non-dit, le rôle des bureaucrates est de maintenir une opacité toute sicilienne sur les finances de la campagne, comme s'il s'agissait d'activités mafieuses : il a fallu des années pour que les fonctionnaires acceptent de nous dire qui sont les plus gros bénéficiaires des subventions.

J'ai l'impression que les fonctionnaires du ministère de l'Agriculture à Paris ont une certaine idée de la France et qu'ils se voient en conservateurs d'un très grand musée appelé « la ruralité » : des gentils fermiers qui prennent un verre à l'ombre du clocher du village après avoir vendu leur production le jour du marché. Cette image d'Épinal est tellement ancrée dans les esprits qu'un Parisien de base est prêt à payer une ruine aux abords de Trifouillis-sur-Orge trois fois sa valeur mobilière, sans parler de la taxe foncière deux fois plus élevée que dans la capitale.

D'accord, cette vision ancestrale de la terre n'est pas qu'idéalisée : les corbeaux existent toujours dans les villages et les volets se ferment encore au coucher de soleil. Mais la vraie campagne, celle dont se lamente Pascal Dibie dans *Le Village métamorphosé*, est tout autre : « On ne se déplace plus pour se voir. On se téléphone, comme on téléphone à un ami à Paris. Le virtuel abolit les distances. » La campagne rêvée n'a pas le droit de changer, et pourtant même subventionnée à 90 %, c'est exactement ce qu'elle fait. Mais, en la protégeant sous une cloche de verre, les bureaucrates condamnent les fermiers, les viticulteurs et les autres ruraux à se faire définitivement dépasser par le reste du monde.

Le protectionnisme est la seule position défendue par les fonctionnaires-diplomates du Quai d'Orsay, normalement endormis sur leurs lauriers de concours, mais qui réagissent comme des fauves affamés à toute idée de réduire les énormes dépenses de la Politique agricole commune, qui n'a de commune que l'appellation. Il y a une dizaine d'années, une fonctionnaire du ministère de l'Agriculture me confiait que la véritable mission de son administration était de « gérer en douceur » la diminution du nombre des agriculteurs en France. À l'époque, cela me semblait une politique raisonnable, mais plus maintenant étant donné la lenteur de la « réforme » agricole, si réforme il y a.

Car ce que les subventions ne font pas, c'est rendre des produits du terroir accessibles à une large partie de la population. Je ne voudrais pas passer pour un ingrat, car vos produits agricoles me ravissent. À l'époque où je vivais à Jérusalem, je venais aussi souvent que possible à Paris pour rentrer en Terre sainte avec une valise bourrée de crottins de Chavignol (qu'on peut plus ou moins bien conserver dans un congélo). Mais je dois me rendre à l'évidence que ces petits bouts de fromage (19 millions d'unités produites par an) sont un produit de luxe, qui se négocie souvent aux alentours de 50 à 55 euros le kilo (vous avez compris pourquoi on vous les vend à la pièce !) et qui serait encore plus cher sans les subventions des braves *Burger* allemands, qui se contentent, eux, de leur *Tilsit* et autre *Limburger*.

Ce petit secret dissimule un autre non-dit agricole : il existe en France une bouffe à deux vitesses. D'un côté, il y a ceux qui mangent, comme le conseille José Bové, des produits du terroir, frais, aux goûts qui font frissonner les papilles gustatives, et de l'autre, on trouve tous ceux qui doivent se contenter de denrées plus « industrielles », y compris le foie gras qu'ils s'offrent pour les grandes occasions. Le pain, comme l'affirmait Danton, est le premier besoin du peuple, mais c'est aussi un champ d'inégalité dans un pays où l'on est censé n'en tolérer aucune. Un assureur français, AGF, choque quand il propose un contrat privé qui permettrait à quelques privilégiés d'avoir un accès prioritaire aux grands spécialistes de la médecine. Que certains puissent dîner dans des trois-étoiles Michelin et d'autres jamais, ça, personne ne le conteste. Bizarre. Or, la malbouffe dénoncée par Bové (qui voudrait, dans une extase angélique, que *tous* mangent du terroir) peut nuire à la santé. Dans leur analyse de 10 000 aliments, les médecins nutritionnistes Jean-Michel Cohen et Patrick Sérog ont constaté que les denrées les moins chères sont souvent de mauvaise qualité, avec des tranches de jambon contenant du plasma de porc ou des pâtés de campagne à la mousse de matière grasse.

L'idée d'exporter des bouteilles au label *french wine* n'est peut-être pas si loufoque pour sauver les viticulteurs de base. Quand on pense qu'il y a trente ans la Régie Renault a vendu sa R5 à l'étranger en la rebaptisant Le Car.

## XVI

## *Démarches pour marche nuptiale*

Si Woody Allen peut se marier à Paris, pourquoi pas moi ?

Avec ma fiancée (qui n'est pas de nationalité française), nous nous rendons, main dans la main, à la mairie du 5ᵉ arrondissement pour demander les formalités à remplir pour une union civile. Se marier à Paris, c'est d'un chic ! En tout cas pour un ancien résident de Columbus…

Dans le bureau « état civil » du deuxième étage, vers lequel on nous a orientés à l'accueil, une fonctionnaire courtoise nous reçoit après une brève attente. Nous lui annonçons notre intention de nous marier et elle réagit comme si nous lui déclarions un changement d'adresse. Tant mieux, toutes ces « Félicitations ! » qu'entend un couple me font un peu rougir. Apparemment bien rodée, elle nous propose un dossier tout prêt, joliment décoré avec des images de Marianne et intitulé « Vous allez vous marier… ». Ma future épouse et moi sourions. Pas pour longtemps.

Quand la fonctionnaire ouvre le dépliant, je

me retrouve face à une véritable boîte de Pandore, une interminable liste de documents qu'il faudra fournir. Un calvaire équivalant à ma première demande de carte de séjour, mais multiplié par deux. Les actes de naissance doivent être « plurilingues » et marqués avec une apostille. Il faut y ajouter, pour les étrangers, un papier intitulé « certificat de coutume », dont je n'ai jamais entendu parler, sans oublier un certificat de célibat, des attestations d'hébergement, un certificat médical pour chaque partenaire et j'en passe. Ne manque qu'une autorisation signée de la main du président de la République. Et tous ces documents et attestations doivent être frais comme des légumes du marché de la rue Mouffetard. Ils doivent dater de moins de six mois avant le mariage, sinon ils sont périmés. Organiser une expédition sur l'Everest demande moins de préparation qu'un mariage en France.

« Ah, bon ?, dis-je à la fonctionnaire, après un instant de stupeur. Les passeports seuls ne vous suffisent pas ? »

La fonctionnaire qui n'est pas d'humeur à rire ne daigne même pas me répondre. Elle a autre chose à faire, et que je me marie ou pas, cela ne changera rien à sa fiche de paie puisqu'elle n'est pas rémunérée au pourcentage. Nous quittons la mairie dépités. Le concubinage, ce n'est pas si mal finalement…

Mais, bon sang, comment a-t-il fait pour se marier, Woody, lui qui ne vit même pas en France ?

Il connaissait quelqu'un au Maxim's Business Club ? Ou un franc-maçon haut placé ?

« Il était probablement pistonné, ou alors il a payé très cher pour un avocat », me répond Jean-Paul, qui suit tout cela avec une certaine délectation, comme si c'était une série télé.

À cette occasion, je constate que les Français savourent avec un plaisir un peu malsain, une *Schadenfreude*, les problèmes administratifs des autres, y compris de leurs amis. Une manière de dire : « J'ai bien souffert, maintenant à toi mon coco. » Quoi qu'il en soit, je refuse de croire qu'il faut du piston pour un mariage hétéro dans la France républicaine.

D'accord, je veux bien admettre que je suis victime d'une certaine vision américaine du sacrement nuptial. Chez nous, le mariage est vécu comme un événement purement ludique voire une décision improvisée au cours d'un week-end un peu trop arrosé de Budweiser. Pour qu'autant d'Américaines frustrées parviennent à passer une alliance au doigt de leur compagnon de longue date, il faut que le mariage aux States soit aussi expéditif qu'un passage devant le peloton d'exécution. Et aussi difficilement réversible. À Las Vegas, on peut se marier en prêtant serment sur sa moto pour 25 euros ou dans une « chapelle » en compagnie d'un faux Elvis Presley pour 700 euros. Tout cela est parfaitement légal et prend vingt minutes maxi. Pas question de perdre la cadence. Si la France laïque a arraché la cérémonie du mariage aux ecclésiastiques, nous les Américains l'avons livrée aux entrepreneurs, pour le plus grand bien de notre PNB.

OK, mon cas est également un peu compliqué parce qu'il s'agit de l'union de deux étrangers, n'empêche qu'une question me turlupine : pourquoi un simple mariage nécessite autant de paperasse ? J'ai l'impression que la plupart de ces formalités sont aussi utiles que la liste d'adresses des *anciens* lupanars de Paris publiée il y a quelque temps par un hebdo parisien. Quel intérêt de connaître la localisation d'un bordel il y a un demi-siècle ?

Une autre « vérité » administrative me stupéfie : les documents officiels, comme les plombages dentaires, n'ont pas une vie éternelle. Leur durée de validité est en moyenne de six mois, après il faut recommencer toute la procédure. Fichtre, six mois pour un extrait d'acte de naissance ? Serait-il imprimé sur un papier qui s'autodétruit comme les bandes magnétiques dans *Mission impossible ?* Et toutes ces apostilles ? À quoi ça sert ? Inutile de me creuser la tête, de toute façon, sur ce point, je suis définitivement battu. En matière d'apostilles — inconnues aux États-Unis et en Angleterre —, le modèle français a balayé la superpuissance américaine. Aujourd'hui, partout dans le monde, on vous réclame des apostilles.

Après quelques heures de cogitation, je crois trouver une réponse à ma question sur cette bureaucratie nuptiale : en fait, se marier en France ouvre la porte à de multiples avantages, à commencer par la part additionnelle sur la déclaration de revenus. S'y ajoutent le droit à une pension de réversion, la solidarité des dettes, le capital décès ou encore un abattement sur les droits de succession. Un mariage, c'est comme une seconde naissance. Sur le plan administratif en tout cas. Et puis, tous ces fonctionnaires, ils pensent peut-être que des types dans mon genre risquent un jour de demander la nationalité française, pour eux et pour leur future femme ? Et après, ils voudront sûrement exercer leur droit de vote ? Le véritable rôle des agents municipaux est de jouer les gardiens du temple de l'État providence.

Pour satisfaire aux exigences des fonctionnaires français, me voilà jeté dans les griffes des bureaucrates de mon propre consulat. Et ils ne sont pas d'accord du tout avec leurs « confrères » de la mairie du 5e arrondissement. Pas du tout !

« Dites-leur que ces actes de naissance plurilingues, on n'en a pas, et on n'en aura jamais ! », me déclare de manière ferme et définitive le diplomate.

D'après son ton, je comprends qu'il s'agit de défendre la souveraineté nationale face à la fonction publique des Français. *Shit !* Je suis coincé car, comme je le redoutais, inutile de chercher un compromis de l'autre côté.

« Si !, insiste-t-on à la mairie. Ils sont obligés de les fournir, les actes plurilingues. Obligés ! »

Je n'ai plus d'autre solution que de faire le voyage jusqu'à mon lieu de naissance pour me procurer la précieuse attestation et de rentrer ensuite à Paris pour la faire traduire. Je commence sérieusement à hésiter et ma fiancée commence, elle, à me soupçonner de ne plus être motivé par notre mariage. En même temps, la cohabitation, c'est tellement plus simple. Je comprends pourquoi les Français ne se marient plus.

Car je ne suis pas le seul. En cherchant des tuyaux sur Internet, je tombe sur le cri de détresse lancé par un certain Jean-Michel : « Mon amie russe et moi désirons nous marier dès que possible. Elle possède les certificats et actes de l'administration russe, avec apostille notariale et même traduction en français. Il y a trois semaines, elle est venue ici et, munis de ses papiers, on s'est rendus à l'administration où on nous a répondu que ces apostilles n'étaient pas valables et que ce devait être fait au consulat français à Moscou. Hier, de retour en Russie, elle s'est présentée au consulat, pour s'entendre dire que l'ambassade ne fait pas d'apostille, mais s'occupe juste de délivrer les visas… Que dois-je donc faire avec ces documents ? C'est assez compliqué quand personne ne sait trop quoi nous répondre dans les administrations. »

Pauvre Jean-Michel ! Son cas me paraît si désespéré que je préfère l'abandonner seul dans le cybermonde. J'ai déjà suffisamment à faire avec mes propres oignons.

Pour ne pas renoncer à notre projet d'union, je finis par opter pour la solution la plus simple et la propose à ma compagne : nous allons nous marier aux États-Unis ! Ce sera beaucoup plus rapide et moins cher. Par fidélité à mon État d'origine, je pense à l'Ohio, mais je découvre qu'il faut que l'un des futurs époux soit résident de l'État. En prime, il faut régler 37 euros pour le certificat de mariage. Trop cher. Comme les lois diffèrent d'un État à l'autre, je me mets en quête d'un endroit plus « avantageux » et dégote le Vermont, un petit État pittoresque et progressiste qui a toujours voté contre George W. Bush. Dans cette région du Nord, spécialisée dans la production de sirop d'érable, on ne paie que 19 euros pour le certificat ! Et inutile d'être résident.

C'est dans le charmant petit village de Woodstock, avec ses ponts couverts, ses petites boutiques à l'ancienne, ses maisons en bois de l'époque coloniale, que nous nous présentons devant l'unique agent administratif, le *town clerk.* Ce monsieur, Jay Morgan, demande juste à voir nos passeports pour autoriser le mariage. Plus 19 euros en espèces.

« Désolé, on ne peut pas accepter de chèques, me glisse-t-il en s'excusant presque.

— Ce n'est pas grave, vous savez », lui dis-je.

Dans le Vermont, pas besoin non plus de publier les bans, de contrôle médical, d'actes de naissance plurilingues ou même de… témoins. Et les deux futurs conjoints peuvent être étrangers.

Un seul petit moment d'angoisse administrative viendra un instant perturber notre union : comme je suis divorcé, M. Morgan demande à voir mon jugement de divorce, qui est en français. Plutôt laxiste en paperasserie, je n'ai jamais trouvé nécessaire de le faire traduire.

« Vous lisez le français ?, demande-t-il à un grand barbu qui traîne dans la mairie.

— Pas plus que le chinois ! » lui répond celui-ci.

Les deux hommes se mettent alors à examiner les documents du tribunal de grande instance de Paris, jusqu'au moment où ils tombent sur le mot « divorce ».

« Voilà, c'est marqué "divorce", là. C'est le même mot qu'en anglais, annonce fièrement le grand barbu en pointant le passage concerné avec un doigt.

— OK, je crois que vous êtes bien divorcé. C'est bon », m'informe à son tour M. Morgan.

Ensuite, nous trouvons un magistrat du coin, un éditeur à la retraite, pour nous faire jurer fidélité et nous déclarer « mari et femme ». Et tout cela à l'ombre d'un érable car il fait très beau. Nous repassons quelques instants à la mairie où M. Morgan nous délivre immédiatement des copies conformes de l'acte de mariage (« 6 euros pièce, pas de chèque »). Tout a été réglé en une journée.

Pour notre lune de miel, nous nous dirigeons vers Boston dans la voiture de location.

« Il faut que nous nous occupions de faire reconnaître le mariage en France, tu ne crois pas ? »

m'interroge la nouvelle mariée, lorsque nous arrivons dans cette ville historique.

Le lendemain matin, nous franchissons les portes de l'un des six consulats de France aux États-Unis, celui de Boston justement.

« Vous devez publier les bans, vous savez, et puis avez-vous les actes de naissance plurilingues ? », me demande le consul en nous tendant une impressionnante liste de documents à fournir.

Il est où, Woody Allen ? J'ai vraiment besoin de me faire pistonner.

## XVII

## *La Sécu, à tous les coups on gagne !*

Pour les Français fiers de leur État providence fondé sur la noble idée de solidarité entre tous, la Sécurité sociale sert d'exemple fétiche. Un étranger peut plus facilement critiquer les Bleus ou la *Marseillaise* que cette immense administration adulée, même si elle dépense presque autant pour le traitement de chaque feuille de maladie que pour les soins qui l'ont occasionnée.

Cette assurance médicale joue un rôle essentiel dans la vie d'un individu, car, dès sa jeunesse, il comprend que sa nation est un lieu de liberté individuelle, où l'on peut fumer deux paquets par jour, rouler totalement bourré à 150 kilomètres/heure sur une départementale conçue pour un 80 kilomètres/heure, manger du confit de canard à volonté… En cas de pépin de santé, la Sécu sera là pour le sauver — aux frais des autres.

Et s'il fallait une preuve de plus de sa popularité, la Sécu affiche des performances presque insolentes : 70 % des Français choisissent de mourir à l'hôpital (ou, plutôt, dans un couloir d'hôpital), une toute petite minorité préférant s'éteindre à domicile, comme ce cardinal de l'Église qui s'éteignit dans les bras de sa dulcinée. Dans chaque société, il existe toujours quelques réfractaires au grand combat pour la santé publique.

Quoi qu'il en soit, on trouve peu de Gaulois de notre temps qui arrivent à quitter cette vie sans le concours de la Sécu. Et un Français peut se faire ausculter presque partout dans votre nation hautement médicalisée, au travail, à l'école, dans une thalassothérapie à Luz-Saint-Sauveur… Il n'y a plus que dans les fromageries où cela semble difficile.

Cette assurance est si bien adulée par ses adeptes que je soupçonne quelques-uns de mes amis français de « tomber » malades occasionnellement rien que pour avoir le plaisir de jouir de ses bienfaits. De leurs cotisations en clair. Car au cours d'une vie professionnelle, les sommes prélevées pour chaque actif tournent autour de 300 000 euros, sans parler du financement du trou annuel de la Sécu. Dans ce contexte, on comprend le sourire épanoui du journaliste Jean-Marc Sylvestre, auteur d'*Une petite douleur à l'épaule gauche* : sans sa très grande maladie, il aurait pu mourir un jour en étant toujours créancier de la Sécu. Dans l'Hexagone, il n'y a plus que les nuls qui restent en bonne santé.

En plus, les fonctionnaires de la Sécu sont depuis toujours aux petits soins pour les malades. Avec la carte vitale, un assuré peut régler une visite au cabinet et puis faire le plein chez le pharmacien sans même se soucier de « combien ça coûte » : il suffit en France d'afficher 37,1 °C de fièvre pour pouvoir se comporter comme un émir du golfe Persique. Pas étonnant qu'une carte vitale volée ou perdue se revende 3 000 euros sur le marché noir. Si seulement on l'acceptait chez Cartier.

Ce profond désir des assurés français d'occulter les frais coûte cher. Une amie m'annonce la bonne nouvelle : sa vieille mère infirme prendra quelques jours de vacances en province, à côté de chez sa sœur. Pour assurer le trajet des quelques centaines de kilomètres, elle pourra compter sur une ambulance. Une ambulance ? En Américain, j'imagine ce véhicule avec gyrophare qui hurle en permanence. Dans mon pays, on appelle l'ambulance pour faire le trajet jusqu'à l'hôpital en toute urgence. En France, on considère les ambulances comme le taxi du troisième âge. En beaucoup plus cher.

« Qui va payer ? », l'interrogeai-je.

Décontenancée par la question, car en France on pose encore moins une telle question quand il s'agit d'une personne qui reçoit des soins, elle balbutie quelque chose d'approximatif :

« Je ne sais pas trop… du moment qu'il y a une prescription médicale… »

Cela dit, il n'existe pas de plus grand infirme en France que… la Sécu elle-même. OK, je vous l'accorde, mettre sur pied une assurance médicale publique est aussi difficile que de recenser les enfants cachés du prince Albert. Notre Hillary Clinton avait tenté une Sécu *made in USA* en 1994 mais sans succès, et par conséquent 15 % des Américains dépendent toujours des cliniques caritatives, un scandale. Mais là où une Américaine a échoué, des milliers de hauts fonctionnaires, spécialistes et experts en France, peinent à faire beaucoup mieux. À coups d'infinies « réformes », jamais plus efficaces que les précédentes, les gestionnaires de la santé ont fini par nous dessiner un système bringuebalant, rafistolé et perpétuellement en déficit. De toute façon, la Sécu, dans sa forme actuelle, n'est pas réformable parce qu'elle repose sur des mythes, plutôt que sur les vérités.

Le premier d'entre eux est basé sur la croyance en la compétence unique du *malade* pour déterminer s'il a vraiment *besoin* de soins ou s'il a juste envie d'être rassuré, de sortir de la maison, ou de faire un brin de causette avec le praticien. La société de loisirs et le nombre croissant de retraités et autres inactifs créent une nombreuse population d'individus ayant du temps pour voir leur médecin. Parce qu'ils n'ont pas bien dormi l'autre nuit, à cause de la petite tache rouge sur l'avant-bras, parce que parfois on se sent étourdi en se levant du canapé. Ou pour ne pas voir la gueule du patron pendant quelques jours. Un praticien français qui sait refuser un arrêt de travail est aussi fréquent qu'un francophone à Columbus. Plus de 8 millions sont autorisés chaque année. Grâce au corps médical, il est aussi simple de s'absenter de son travail en France que de trouver du pain chez son boulanger.

Autre illusion de la Sécu : celle considérant que les assurés, qui sont également des administrés, s'abstiendront de tout malaise en dehors des heures d'ouverture des cabinets médicaux. Pourquoi ? Parce que l'assurance nationale accepte que le serment d'Hippocrate n'engage le corps médical que cinq jours de la semaine, même si 99 % des maladies infantiles, par exemple, arrivent le week-end. Les hauts fonctionnaires qui gèrent la Sécu reculent devant ce challenge qui consisterait à faire travailler « normalement » des docteurs le week-end. Depuis 2003, le système de garde repose uniquement sur le volontariat. Lors d'une fin de semaine classique en Île-de-France, on peut compter sur 116 généralistes pour 11 millions d'habitants. Même la brousse angolaise fait mieux. Ce même serment par lequel les médecins promettent de soigner des malades est également suspendu pendant les grandes vacances : dans les rues des grandes villes un 15 août, vous avez plus de chances de tomber sur le Père Noël que sur un généraliste.

Fable supplémentaire : les toubibs sont tous des docteurs Schweitzer pour qui le profit est secondaire (à la différence des pharmaciens, ces vulgaires épiciers). Une étude réalisée en 2006 a le mérite de remettre les pendules à l'heure : 41 % de spécialistes et 39 % de dentistes refusaient de recevoir un bénéficiaire de la Couverture maladie universelle (CMU). S'il est vrai que la Sécu offre très honorablement des soins aux défavorisés, elle avantage quand même, par sa nature hybride, ceux qui peuvent payer de leur poche. Un ami français, souffrant du genou, a payé plus de 3 000 euros sans remboursement pour se faire opérer par un spécialiste à l'hôpital Cochin, plutôt que d'attendre neuf mois. L'activité libérale dans un hôpital de l'Assistance publique est même parfois prioritaire car les chirurgiens (dont 50 % exercent en libéral) sont souvent prêts à faire passer un de « leurs » malades avant les autres. On décrit le luxueux hôpital Georges-Pompidou comme « la plus belle clinique de la région parisienne ». Malgré votre Sécu pour tous, l'aristocratie médicale existe toujours. Comme chez nous.

D'ailleurs, je décèle certaines similarités entre nos deux systèmes de soins. Des deux côtés de l'Atlantique, on succombe facilement aux « modes » médicales : chez nous, c'est la médicalisation à outrance des gamins, et en France, le recours massif aux psychotropes (qui ont remplacé au fil des années le gros rouge). Même analogie entre la France et les States en matière d'inégalité des hôpitaux. Pour un cancer du sein, vous avez intérêt à aller à l'institut Curie à Paris ; en Amérique, c'est plutôt l'Anderson Cancer Center de Houston. Et si le CHU de Bordeaux est classé le premier toutes catégories confondues, vous pouvez compter sur le Johns Hopkins Hospital à Baltimore.

Votre *socialized medicine*, comme on l'appelle chez nous, a fait des Français de grands consommateurs, pour la grande joie de l'industrie pharmaceutique sur les deux rives de l'Atlantique. Avec 35 doses quotidiennes par 1 000 habitants, vous êtes les premiers en Europe à consommer des antibiotiques. Et vous êtes médaille d'argent en matière de consommation de médicaments par tête, après les États-Unis : 600 dollars contre 720 pour nous, avec les déficits que l'on connaît.

Si la Sécu va dans le mur, c'est en partie parce que les acteurs — fonctionnaires, médecins, caisses — ne savent pas, ou n'osent pas, la structurer. En revanche, elle a réussi à transformer les médecins en fonctionnaires : en première année, ils étudient la complexité du système de remboursements (le Code de la santé publique), autant que l'anatomie humaine. Malheureusement, une fois diplômés, un certain nombre d'entre eux pratiquent une médecine imprégnée de cet esprit bureaucratique. La douleur par exemple n'est toujours que peu reconnue par la médecine française, car on estime que le malade doit *se soumettre* aux soins, comme il y a deux siècles. Selon les études, la moitié des soins palliatifs sont mal adaptés, manière de dire que les grands malades souffrent. « C'est normal, la douleur est naturelle », m'a expliqué un jour mon généraliste, le docteur Carré. Aux yeux de vos médecins, la maladie et ensuite la guérison doivent être vécues comme un événement pénible, afin de décourager les éventuels récidivistes.

Pour ma part, lorsque je souffre d'une bonne crève et que je cherche une panacée sans ordonnance pour me guérir, j'évite les pharmacies où il y a déjà un assuré, même un seul, occupé à récupérer son kilo de médicaments. Cette procédure peut en effet durer le temps d'une greffe du foie, avec ses multiples questions sur les génériques, les taux de remboursement, etc. Dans ces instants, l'assuré et son fournisseur en blouse blanche semblent en symbiose, comme ces villageois du tiers-monde qui se livrent à des rites traditionnels tels qu'on en voit encore dans les documentaires d'Arte.

Je constate d'ailleurs que les soi-disant malades ont encore souvent suffisamment de force physique pour discuter, debout, pendant un quart d'heure avec leur pharmacien, pour faire durer le plaisir. Sont-ils vraiment malades, ces gens-là ? Vraiment ? Et les déficits chroniques de la Sécu ? Il y a au moins une profession à laquelle cette gabegie profite : les pharmaciens. À Paris, je passe devant une demi-douzaine de leurs officines tous les cent mètres.

La santé est un business qui coûte cher à l'État et aux citoyens, mais qui rapporte gros à l'industrie et aux détaillants pharmaceutiques. Surtout si on ajoute aux bénéfices de ces derniers la parapharmacie, les crèmes anti-tout, les médicaments de confort (genre Viagra) et autres centaines d'accessoires pour l'hygiène qui garnissent les rayonnages. Un jour, ceux qui gèrent l'assurance-maladie devront eux aussi se confronter à l'économie réelle. En supprimant, pour ceux qui en ont les moyens, la carte vitale au profit de la carte visa, par exemple…

## XVIII

## *Les grands travaux du Gaulois*

Quand le Français moyen songe aux grands travaux de sa République, le TGV, le Concorde, le nucléaire, la BNF, le Grand Louvre, l'Airbus notamment, il est fier. Si fier que Marianne lui paraît un instant une créature aussi désirable que la Béart sur la couverture d'*Elle*. La grandeur de la France doit être aussi visible que la tour Eiffel. En plus pratique si possible. Après tout, la tour n'est qu'une immense antenne extérieure avec possibilité de restauration au premier étage. Heureusement, le grand Gustave ignorait les paraboles…

Les fonctionnaires profitent de ce rayonnement comme un parent dont le fils paye l'ISF ou dont la fille a épousé Johnny. Bien sûr, ce sont des élus qui donnent le feu vert pour chaque initiative, mais, à tous les niveaux, depuis la conception jusqu'à la réalisation, on compte sur les serviteurs de l'État pour concrétiser ces projets. Et sur les contribuables pour les payer, puisque la rentabilité ne rentre pas toujours dans l'équation. Mais, ça, on s'en fout !

Le Concorde a coûté une fortune à l'État en frais de développement, mais son exploitation sur l'Atlantique Nord pendant une trentaine d'années fut une gloire — et un soulagement pour des milliers de passagers P-DG voyous, riches héritières gâtées et autres nantis américains qui purent grâce à cet appareil éviter les aléas du décalage horaire. La souffrance dans les classes aisées, ça existe ! Cela dit, si vous pouvez m'expliquer comment un modeste syndicaliste de Saint-Étienne peut être fier d'un avion qu'il n'a jamais eu les moyens de prendre pour ses vacances, je vous récite direct *Notre-Dame de Paris* à l'envers. La vraie réussite du Concorde ne fut pas ses avancées technologiques mais la formidable campagne de pub pour la France (qui permit d'occulter le rôle des Anglais). C'est certainement le même dir' com qui a convaincu les Américains que planter leur drapeau sur la Lune valait bien 60 milliards de dollars de financement pour la NASA.

Quant au nucléaire, le montant des sommes colossales investies pour ce réseau demeure un secret d'État. Les dangers pour le public sont réels, si on se souvient de Tchernobyl et de Three Mile Island. Heureusement, le réseau nucléaire français n'a jamais frisé la grande catastrophe. À notre connaissance. La plupart des gens sont persuadés que la menace pour leur santé vient non pas de l'uranium qui rend les hommes stériles, des pesticides qui ont découragé les abeilles de produire du miel ou des engrais qui rendent l'eau bretonne imbuvable, mais des OGM. Les produits d'une multinationale américaine.

Le viaduc de Millau dans l'Aveyron est également un succès incontestable. À plus d'un titre. Il est esthétique et bien intégré dans son milieu naturel, ce qui renforce d'autant la réputation des planificateurs français comme grands experts en ouvrages de beauté. Même si l'architecte s'appelle Sir Norman Foster.

Pour convaincre la population locale de la nécessité de cette réalisation monumentale, on a insisté sur l'importance de « désenclaver » Clermont-Ferrand, même si, en réalité, le viaduc sert principalement à faciliter l'exode saisonnier des Parisiens vers des régions plus ensoleillées. Sur le plan financier, ils sont assez peu nombreux à se soucier de la facture de 400 millions d'euros (puisque ce sera payé par les usagers), même si le *Midi Libre* constatait des énormes embouteillages à l'entrée du viaduc dans les premiers mois et titrait malicieusement « Millau invente le bouchon payant ». En vérité, les bouchons continuent aux abords de cette ville, car nombreux sont ceux qui préfèrent économiser les 6,50 euros de péage en passant par le *downtown.*

Les hauts fonctionnaires et ingénieurs de l'État qui participent à la création d'un nouveau grand monument comme ce viaduc ressentent la même satisfaction que pendant leur jeunesse lorsque ces petits surdoués faisaient le ménage dans leur chambre pour plaire à leurs parents. Certains commentateurs étrangers excessivement cyniques prétendent que ces grands projets jouent un rôle de divertissement en France, un peu comme le Colisée dans la Rome antique, afin de faire oublier la rouille et l'inefficacité des administrations. Des jaloux !

Mais le plus magnifique des grands travaux, à mon avis, est actuellement en cours de réalisation. Et il faut rendre hommage aux fonctionnaires qui s'en chargent, dans un anonymat professionnel, loin des caméras de la télévision et pour le seul bien du public. Je veux parler de la numérisation des livres des bibliothèques de France, et notamment ceux de la Bibliothèque nationale. Le but de ce projet pharaonique n'est autre que de « recréer » et surpasser la célèbre bibliothèque d'Alexandrie des Grecs (fondée 300 ans avant Jésus-Christ) qui contenait jusqu'à 500 000 manuscrits, soit 70 % de tous les ouvrages disponibles à l'époque. Une énorme bibliothèque virtuelle moderne qui permettra aux chercheurs et au public de réaliser un rêve : avoir accès à tous les livres depuis un simple ordinateur personnel et sans passer par des bibliothécaires aigris.

Cette belle initiative, digne de la République, fut lancée par Jacques Chirac, un pur produit du fonctionnariat français. En 2005, dans un esprit de *fiat lux*, il donna solennellement l'ordre à Jean-Noël Jeanneney, président de la Bibliothèque nationale, d'entamer la numérisation des livres. Après des années de réalisations très connotées « ère industrielle à papa », le projet de

« bibliothèque des bibliothèques » était enfin à la mesure de la modernité et du talent de tous ces visionnaires issus de Polytechnique, de l'ENA, des Ponts et Chaussées... Toutes ces grandes écoles qui engloutissent 30 % des moyens de l'Éducation nationale pour une petite élite représentant à peine 5 % des étudiants servent véritablement à quelque chose tout de même. Ce sont autant de pépinières destinées à la splendeur de la civilisation française au service de l'humanité tout entière.

Pas tout à fait en réalité. Chirac a été inspiré en lisant la presse bourgeoise qui ne faisait que rapporter le projet de deux jeunes Californiens, même pas diplômés d'une fac américaine. En décembre 2004, Larry Page et Sergey Brin, fondateurs de Google, ont en effet proposé à cinq grandes bibliothèques anglo-saxonnes (celles de Harvard, de Stanford, d'Oxford, du Michigan et de la ville de New York) de numériser plus de 10 millions de volumes. Depuis, Jeanneney et d'autres hauts fonctionnaires du monde culturel français se sont réveillés et ils organisent la réplique européenne face à ce nouvel exemple de l'« hégémonie » américaine. Tant mieux.

Dommage que vos hauts fonctionnaires, spécialistes des grands travaux et meilleurs produits intellectuels de votre système élitiste aient eu besoin de copier l'idée de deux capitalistes trentenaires du Nouveau Monde pour être les premiers à finir seconds. Vas-y Poupou !

# XIX

## *Les joies de la route*

La France compte sur ses fonctionnaires pour bien organiser le pays, et notamment les déplacements à l'intérieur de l'Hexagone.

C'est raté.

Prenons les grandes vacances comme exemple de ces flux migratoires « planifiés ». Pendant cette période de l'année, la stratégie nationale consiste à dispatcher un maximum de Français sur le littoral pour tirer des chasses d'eau, prendre des douches et remplir des piscines au moment précis où les réserves aquatiques sont à leur niveau minimum. Et où il ne pleut presque pas.

Avantage, grâce à ce gigantesque rush, vous les Français, vous êtes très bien préparés en cas d'urgence. Le triste spectacle des habitants de La Nouvelle-Orléans, menacés par le cyclone Katrina mais coincés sur la seule route d'exode, ne pourrait jamais avoir lieu ici car les Parisiens et autres citadins sont de véritables maîtres dans l'art de vider une mégapole en moins de cent vingt minutes — montre en main. Ils s'y exercent régulièrement, en particulier tous les vendredis entre 16 heures et 18 heures.

Ces grands exercices — nécessaires nous assure-t-on au cas où l'armée suisse attaquerait — sont devenus hypersophistiqués. Non contents de simplement « ficher le camp », les Parisiens en rajoutent dans la difficulté, pour tester leur endurance et s'éprouver les nerfs les uns les autres.

C'est ainsi que par malheur, je voulais, il y a quelque temps, quitter la ville par la route en même temps qu'un million de Parisiens. Un exercice déjà pas évident. Eh bien, pour simuler des conditions vraiment extrêmes, l'état-major de la sécurité routière avait décidé d'envoyer des millions d'automobilistes dans l'autre sens, vers Paris. Une belle panique que les Français qualifient du nom pittoresque de « chassé-croisé ». L'image est assez bien trouvée. Si vous y survivez, le reste de votre vie sera du gâteau.

Évidemment, ces migrations massives résultent de la vision étatique et égalitaire de vos fonctionnaires, qui pourrait se traduire par la devise « Tous en même temps ! » Ce chaos est assuré parce que la majorité des gens ne peut partir que lors des vacances scolaires et que l'Éducation nationale ne divise le pays qu'en trois grandes zones. Avez-vous déjà essayé d'avaler un saucisson coupé en trois gros morceaux ? Étouffement et constipation assurés. Aux États-Unis, les vacances scolaires sont fixées pour chaque zone, et avec la décentralisation, il en existe… 15 000. Résultat :

pas de « grands départs » et beaucoup moins d'autoroutes congestionnées. Sauf par Katrina.

On m'explique aussi que les Parisiens sont « obligés » de partir tous en même temps à cause des locations de vacances, sachant qu'ils seront bloqués des heures sur une autoroute devenue un très grand parking. La notion du week-end est en partie inscrite dans l'ADN de chaque Français, y compris celle des chômeurs, des « arrêtés maladie » et des retraités qui pourraient pourtant facilement partir en milieu de semaine.

En fait, cette question récurrente des « grands départs » est intimement liée au parisianocentrisme en vigueur dans les administrations. Pour les fonctionnaires, la capitale occupe le centre du pays culturellement et politiquement, mais aussi géographiquement puisqu'ils en ont fait un *hub*, pour emprunter la terminologie des lignes aériennes. Du coup, le trajet le moins cher pour aller de Nice à Bordeaux consiste à transiter par l'aéroport d'Orly. Et si vous désirez voyager en voiture de Nantes à Lyon ? Encore, Paris ! Vous préférez emprunter la SNCF ? Pour le trajet Bordeaux-Grenoble, comptez neuf heures et quarante-sept minutes si vous traversez le pays, c'est-à-dire en passant par Lyon, et deux heures et demie de moins via Paris.

D'une manière générale, pour pouvoir rouler vite sur le réseau routier, mieux vaut habiter Paris car les automobilistes de la capitale peuvent tabler sur une vitesse moyenne d'environ 105 kilomètres/heure pour un trajet vers la province, et ce malgré l'horreur qui consiste à quitter la ville en plein jour. En revanche, pour faire un Limoges-Dijon, la moyenne descend à 91 kilomètres/heure et pour un Poitiers-Bourges à seulement 86 kilomètres/heure, ce qui n'encourage pas vraiment les mariages mixtes entre ces deux préfectures. De toute façon, dans l'esprit d'un fonctionnaire parisien, on ne conçoit pas qu'un provincial ait besoin de se déplacer sinon pour « monter à la capitale ». Après tout, il est déjà en province.

Cette organisation de l'infrastructure des transports a été conçue par des fonctionnaires confortablement installés dans la capitale et qui, la plupart du temps, ne voient le reste du pays que comme un lieu de villégiature et de teknivals. Et ils ont su obtenir l'approbation des élus régionaux en leur promettant de sauvegarder un maximum de bureaux de poste dans des villages. Lorsqu'on veut la paix sociale, on ne compte pas ! Voilà pourquoi on prénomme les non-Parisiens du doux vocable de « provinciaux ».

Ces derniers prennent néanmoins leur revanche en talonnant toute voiture immatriculée 75 sur les petites routes de campagne ou de montagne, les klaxonnant toutes les quatre secondes (avec des appels de phares en prime) pour finir par les doubler en aspergeant leur pare-brise de graviers avec leurs pneus arrière. Ces « ploucs » se sont, semble-t-il, également arrangés avec le préfet pour limiter au strict minimum le fléchage des routes départementales afin que seul un habitant du coin puisse trouver son chemin. Quant aux villes de province, s'il est souvent difficile de les trouver, une fois trouvées, il est quasi impossible d'en sortir par le chemin voulu.

Mais que les provinciaux se rassurent, même à Paris, les fonctionnaires des transports souffrent d'une certaine myopie : lorsqu'ils ont étudié le plan de la ville pour fixer des zones de stationnement résidentiel, ils ont découvert des frontières entre les arrondissements aussi hermétiques que celles entre deux pays souverains. Ainsi, un automobiliste qui résidait rue de Belleville, côté numéros pairs et donc dans le 20e arrondissement, n'avait pas le droit de garer sa voiture de l'autre côté de la chaussée, du côté des numéros impairs, rattaché au 19e arrondissement. Cette situation perdura pendant deux décennies, jusqu'à la création de nouvelles zones de stationnement en... 2005 !

Pour la fonction publique, la solution à la saturation du réseau routier du pays passe par le permis de conduire. Moins on est à l'obtenir, mieux on roule. Avoir le précieux carnet rose est devenu, selon *Le Figaro*, « un parcours du combattant » qui affecte principalement les jeunes. Allez comprendre pourquoi le CPE les a poussés à manifester alors qu'ils subissent comme des vrais masos l'épreuve du permis de conduire, qui coûte rarement moins de 1 000 euros pour une formation qui dure un an en moyenne. Tout cela permet de relativiser les difficultés du baccalauréat.

Tout ce système est merveilleusement bien organisé, du point de vue du Marquis de Sade. Si vous échouez au premier passage, ne comptez pas obtenir une nouvelle place à l'examen, sauf si papa est préfet. Les délais, estimés à trois mois environ lors de la première fois, peuvent atteindre huit mois pour le second passage. Et les élèves doivent ajouter des cours supplémentaires, payés à l'unité, c'est-à-dire au prix fort, faisant ainsi vivre les 14 000 auto-écoles de la nation. Au moins, pour une fois, les provinciaux se vengent : il faut se présenter en moyenne 3,5 fois au test de la conduite en région parisienne pour l'obtenir contre 1,5 fois seulement en province.

Pour les fonctionnaires, la faute appartient aux seuls administrés qui sont nullissimes. « Le problème est que l'épreuve pratique n'est pas assez prise au sérieux par les candidats », explique le ministère des Transports lorsque les médias l'interrogent sur le sujet. « La seule chance d'obtenir le sésame en une fois est de se présenter en étant vraiment prêt : ce n'est pas toujours le cas aujourd'hui. » Et pourquoi sont-ils mal préparés, ces tâcherons ? À qui la faute ?

Manifestement, les épreuves — le code et la conduite — sont simplement mal adaptées aux besoins. L'épreuve du code repose de manière excessive sur de la théorie et du légal, à tel point qu'il faut être docteur en droit pour réussir du premier coup. Quant à la durée du test de conduite, rallongée de 75 % depuis la « réforme » de 2002, elle ferait probablement des recalés de 80 % des conducteurs actuels.

Vous direz que ma vision des choses est trop américaine, et c'est vrai que chez moi, à Columbus, on a assez peu besoin des auto-écoles. La conduite s'apprend soit au lycée, où l'on se penche moins sur Descartes que vous (c'est-à-dire, pas du tout), mais beaucoup plus sur les enseignements pratiques, soit grâce à la conduite accompagnée, méthode que je déconseille fortement entre conjoints. Elle peut directement mener à la rupture.

Malgré tout cela, si au final le système des auto-écoles à la française débouchait sur la bonne formation de bons conducteurs, qui saurait s'en plaindre ? Problème : les hauts fonctionnaires du ministère des Transports appliquent le même principe que pour les concours aux grandes écoles : « Plus dur sera l'examen, meilleur sera le conducteur. » Mais, statistiquement, un conducteur en France tue deux fois plus qu'en Angleterre (avant l'installation des radars). Reconnaissons à la « rigueur » étatique un vrai résultat bénéfique : la création d'une nouvelle industrie, celle de la fabrication des faux permis de conduire dont 800 000 sont déjà sur les routes.

Une autre vérité est ignorée par les fonctionnaires du ministère des Transports : l'apprentissage de la bonne conduite dépend en grande partie des cinq premières années sur la route, une fois son permis en main. La pratique, quoi ! Et là, l'État se désengage largement mis à part quelques rares campagnes publicitaires sur le petit écran et l'installation des radars. Du coup, les autres conducteurs, hélas, se chargent de « former » le novice à grand renfort de coups de klaxon et par l'exemple, le plus mauvais si possible. C'est ainsi qu'un néophyte apprendra que même à 100 kilomètres/heure, on doit coller la voiture qui précède à trois ou quatre mètres de distance. Une habitude bien française qui explique le quart des accidents de la route.

Un jour, on finira peut-être par apprendre plus sérieusement à conduire aux Français. En revanche, toucher à la folie des départs massifs, pas question ! À mon avis, avoir le choix ne sied pas aux Français, et on peut même dire que le déclin français date des années 60, lorsqu'on donna à ce peuple une deuxième chaîne de télévision.

Le laisser-faire de vos fonctionnaires peut avoir des résultats plus que catastrophiques. En août 1939, les Allemands produisirent plus de 700 avions de chasse et les Français, nouvellement adeptes des congés payés, 3.

On connaît la suite…

## XX

## *Quand j'entends le mot « culture », je sors mon fonctionnaire…*

« En Amérique, vous n'avez même pas de ministre de la Culture ! », me lance un chroniqueur au cours de l'émission *On a tout essayé* de Laurent Ruquier (France 2).

C'est plutôt d'un ministère de l'Obésité dont on a le plus besoin outre-Atlantique, mais le chroniqueur, Gérard Miller, n'a pas tort. Les Américains considèrent que la culture ne devrait jamais dépendre des fonctionnaires. Le jazz, le rhythm'n'blues, le rock'n'roll, les peintres Lichtenstein et Warhol, les films d'Hollywood, les pièces d'Arthur Miller, les romans de Faulkner, tout cela a vu le jour sans ministre à Washington.

À l'inverse, en France, il existe un ministère des Affaires culturelles depuis presque cinquante ans. Avant cela, vous aviez produit Balzac, Flaubert, Hugo, les peintres impressionnistes, Mauriac, Gide, Sartre, Piaf, Brel, Brassens, le cinéma de la Nouvelle Vague, les pièces d'Anouilh. Et la culture française rayonnait, jusque dans l'Ohio !

Depuis que vous avez 25 000 fonctionnaires *cultu-*

*rels* pour vous guider, on peut citer comme grands noms mondialement connus… attendez que je réfléchisse un peu… tenez, Houellebecq, un peu, et puis… Nothomb, et aussi un cinéma qui n'atteint même pas 1 % des entrées en Italie, un pays voisin. Un résultat pas folichon pour un pays qui mérite bien mieux.

Le slogan « la culture n'est pas une marchandise » n'a nullement enrayé ce lent, triste et surtout évitable déclin de la culture française à l'étranger. Il ne faut pas y voir une cabale anglo-saxonne. La raison principale n'est autre que l'emprise des fonctionnaires sur la production française avec leur vision cocorico et protectionniste qui finit par récompenser la médiocrité et permet aux créateurs de gagner confortablement leur vie en ne faisant plaisir qu'à un nombre limité de spectateurs, lecteurs et fans seulement hexagonaux. Dans la plupart des domaines, les artistes français n'ont pas besoin de trouver un public international, et par conséquent ils ne cherchent même pas à le faire. Il a fallu le soutien de pingouins pour qu'enfin un réalisateur français trouve un thème universaliste et remporte un succès commercial hors des frontières, y compris aux États-Unis.

Depuis un demi-siècle, la fonction publique, en mettant ses mains dans la pâte culturelle, a réussi à transformer la plupart des créatifs français en rentiers — intermittents, assistés et autres subventionnés. « Le risque a disparu : les films sont financés de sorte que leur échec commercial soit sans conséquence », écrit Pascal Mérigeau dans *Le Nouvel Observateur.* « Le cinéma français a renoncé pour l'essentiel aux films ambitieux. »

Dans un système de subventions, pas étonnant que les créateurs soient fixés sur autre chose que sur le besoin d'attirer le public.

« Je passe trois mois pour écrire un nouveau spectacle, m'avoue l'homme de théâtre Christophe Ribet, mais neuf mois pour chercher les financements publics. »

C'est typique. Un créateur en France est moins libre qu'un poulet des Landes : il doit jongler avec une meute d'agences et caisses, notamment l'Afdas, l'Audiens, le CMB, le CNC, le Cosip, la Procirep...

En s'attaquant à la précarité des artistes et gens du spectacle, on efface surtout la notion de mérite, comme pour les fonctionnaires. Pas besoin de réussite commerciale pour être acteur en France, il suffit de cumuler les cachets. Annie Thomas, présidente de l'Unedic, regrette que sa caisse ait été kidnappée pour faire vivre des intermittents à 40 % au chômage, faisant d'eux de véritables fonctionnaires du spectacle. En somme, on peut dire qu'il existe trois foyers de production cinématographique dans le monde : Hollywood, Bollywood et... l'Assedic. À votre avis, lequel de ces trois centres est un vrai panier percé ?

Bien sûr, on comprend la position des intermittents. « On leur a promis quelque chose et maintenant on veut le leur enlever », m'explique Régis, un ami producteur. Cependant dans d'autres pays, on arrive à travailler dans le « spectacle » en exerçant un *day job*, un travail alimentaire, en plus. L'intermittence existe à Hollywood : entre leurs divers rôles, des acteurs et actrices assurent le service dans des restaurants ou font de la figuration dans des films pornos. La précarité, quoi. Pendant ce temps, en France, les hauts fonctionnaires de la culture manquent de courage pour appliquer la seule réforme logique : fermer le statut d'intermittents aux nouveaux venus.

En prenant l'ancienne Union soviétique comme modèle culturel, on court le risque de voir émerger un autre phénomène : la censure. Certes, le cinéma français ne manque pas de courage pour aborder les sujets les plus osés tels l'inceste, le viol collectif voire la fellation comme dans ce film de Catherine Breillat, sans que cela soit considéré comme porno. Mais quid des films sur la politique actuelle ? *Verboten* ! Alors que la télé américaine fait un tabac avec des séries politiques comme *West Wing* et que les producteurs d'Hollywood se délectent des sujets « actu », en France on n'y touche presque pas. Une série TF1 ou France 2 sur les coulisses de l'Élysée ? Le peuple le plus politisé du monde, celui qui a donné à l'humanité 1789, n'y a pas droit. Bien sûr, personne ne parle ouvertement de censure, car les sujets politiques sont bannis par la simple force du bouche-à-oreille. Le financement, largement entre les mains des fonctionnaires, impose ce tabou. Les Américains, pour expier le Vietnam, ont fait 700 films sur le sujet, alors que les Français en ont réalisé une demi-douzaine seulement sur l'Algérie.

« On vous le fait comprendre par les moyens les plus subtils, ou encore plus efficacement par le silence assourdissant, me confirme un producteur de cinéma à Paris. Celui qui demande des financements pour un sujet politique restera sur sa faim. C'est tout juste si on arrive à faire un film sur Mitterrand en fin de vie... »

L'art géré par des fonctionnaires finit toujours par servir leurs patrons, les élus, plutôt que le public. Après l'impressionnisme, le fauvisme et le cubisme, l'État fonctionnaire invente le favoritisme. Pour Bertrand Delanoë, qui fréquentait le cercle de Dalida, et pour ses commis, penser l'Art en termes de copinage, c'est naturel. Il y a quelques mois, le maire fut confronté au pire des dilemmes : choisir entre deux proches, « mon ami » Jacques Weber et « mon ami » Jean-Michel Ribes, pour la direction du théâtre du Rond-Point. Ce dernier l'emporta, et on imagine qu'il évitera de produire une pièce critique à l'égard des élus. Si le maire d'Hollywood s'occupait des castings, aurait-on de meilleurs films ?

On est tellement soucieux de créer du boulot (subventionné) que les acteurs vont jusqu'à jouer dans les TGV, au grand dam de ceux qui voudraient faire une sieste ou lire. « Le spectacle est dans la rue », titrait il y a peu *L'Express*. Oui, les festivals de rue sont une spécialité française parce que le public boude les théâtres qui proposent un répertoire de plus en plus élitiste et marginal. Le rapport Latarjet de 2003 parle d'« une dégradation du rapport entre l'offre de spectacles et les publics rassemblés ». Les théâtres nationaux se partagent tous les jours 160 000 euros d'aides, mais ne font que perdre du public depuis quinze ans. Du coup, les comédiens — pour justifier les subventions — vont là où le public ne peut pas les éviter. Bientôt, des troupes d'acteurs dans chaque Leclerc ?

Si encore les fonctionnaires de la rue de Valois avaient poussé les réalisateurs de l'écran à produire des chefs-d'œuvre, ceux qui, comme moi, critiquent l'assistanat systématique seraient ravis de se taire. Mais même lorsqu'il joue à domicile, le cinéma de l'Hexagone est de la *lose* : aucune Palme d'or à Cannes depuis vingt ans. Les subventions publiques comptent dans 30 % de la production pour quelque 240 films par an, mais elles « ne contribuent que peu à la qualité et l'originalité de notre cinéma », selon Fabrice Lalevée et Florence Lévy-Hartmann, deux chercheurs à Sciences Po s'exprimant dans une chronique du *Monde*. Ils épinglent surtout le mécanisme du soutien « automatique » qui dépend des entrées de précédents films : pour faire un film il faut tout simplement avoir fait un film. Surtout, cet argent public chasse celui du privé, garantissant le monopole des fonctionnaires. Un investisseur français préférera mettre son argent dans un forage pétrolier dans les Alpes plutôt que dans le cinéma.

Si on ne peut commanditer un Michel-Ange grâce au financement d'État, on peut au moins faire des musées. La France a autant de musées que le Pentagone de bases militaires. Y compris quelques établissements plutôt futiles comme le musée de l'Assurance-maladie en Gironde (quatre visiteurs par jour), le très peu fréquenté Musée national des prisons à Fontainebleau, le musée La Tour en Moselle qui abrite deux toiles de Georges de La Tour, sans oublier évidemment l'abracadabrantesque Musée présidentiel de Sarran où l'on peut admirer les cadeaux offerts à Jacques Chirac (enfin, ceux que celui-ci a accepté de rendre publics...). Tous ces musées ont un seul et même but : montrer le volontarisme culturel des fonctionnaires.

Dans ce contexte, l'élitisme culturel l'a emporté en France. Aux dépens de 99,6 % de la population. Le Festival d'Avignon, par exemple, fait couler tant d'encre que l'on pourrait croire qu'il s'agit d'un événement qui touche réellement la vie des gens. En vérité, cela intéresse surtout quelques journalistes culturels, très nombreux à se faire inviter (tous frais payés) dans la ville. Ce show estival est fréquenté essentiellement par des bobos, ou en tout cas par ceux qui ont les moyens financiers de s'offrir le déplacement jusque dans l'ancienne capitale des papes, l'hébergement hors de prix et des entrées plutôt coûteuses. Pour ceux qui n'en ont pas les moyens, il reste toujours les soirées télé et le concours de belote au camping…

En refusant l'idée de voir l'art également comme « marchandise », la France s'isole d'une clientèle internationale, notamment de ces collectionneurs d'outre-Atlantique qui firent beaucoup au début du XXe siècle pour installer les impressionnistes français comme de grands novateurs. *Le Monde* hésita longtemps avant de publier en 2005 un article qui constatait que la cote des plasticiens — peintres, sculpteurs et autres — français se situe loin derrière celle des artistes anglo-saxons dans les enchères. Pourquoi ? Pas parce qu'ils sont nuls. Au contraire, il existe un joli foisonnement de création artistique à Paris, avec de nombreuses petites galeries *cutting edge* (dernier cri), et ce malgré une politique culturelle qui favorise les valeurs sûres du passé plutôt que l'innovation. Jean Clair a dû batailler dur contre la Réunion des musées nationaux pour monter son expo « Mélancolie ». Trop osé, vous ne préférez pas une belle rétrospective Picasso, ou Matisse, ou Monet ?

En voulant taxer les collectionneurs, les fonctionnaires de Bercy ont réussi à les chasser vers des contrées moins hostiles, notamment Bâle, Londres et New York. La TVA et le fameux « droit de suite » qui garantit une part à l'artiste ou à sa famille en cas de revente y sont pour beaucoup. Le problème, c'est que les mécènes-capitalistes font le marché de l'art, ce qui explique en grande partie pourquoi les artistes français même méritants sont peu reconnus, à moins de s'installer ailleurs.

Pour enrayer le déclin du rayonnement culturel français, les fonctionnaires viennent d'inventer une nouvelle agence baptisée CulturesFrance qui est décrite comme une sorte de British Council à la française. Et si l'on imaginait plutôt l'avenir culturel avec un peu moins de bureaucrates ? Qu'en dites-vous monsieur Gérard Miller ?

## XXI

## *La révélation des congés-spectacles*

« Il faut soigneusement garder ces feuillets bleus, m'explique Marc, le styliste qui m'habille pour une émission télé. C'est un peu comme des chèques, tu sais, pour payer les vacances. »

Des chèques pour payer des vacances ? En bon Américain, je n'ai jamais entendu parler d'une chose pareille. Qu'est-ce qu'ils ont encore inventé ces Français en matière de paperasse ?

« Il s'agit sans doute des chèques-vacances », me dit, laconique, Jean-Paul, fatigué de devoir me décoder tous les méandres de l'administration. Mais cette fois, il se trompe.

Ces feuillets bleus estampillés « Les congés-spectacles » évoqués par Marc ont commencé à arriver chez moi par la poste sans aucune explication de la part de deux de mes employeurs, une station de radio et une chaîne de télé. Au départ, l'intitulé « congés-spectacles » fait rêver. J'imagine une sorte de colo de vacances, au bord de la mer, comme celles qui existent pour les employés vernis d'EDF, mais réservée aux gens du spectacle.

Serai-je bientôt invité à prendre un repos bien mérité aux côtés d'autres artistes comme des acteurs de cinéma célèbres ou des danseuses du *Crazy Horse* ?

Quelques semaines plus tard, je découvre dans ma boîte aux lettres un formulaire des congés-spectacles, un document que je remplis avec une certaine méfiance. Après quelques recherches, je trouve sur Internet le site d'un organisme qui s'appelle effectivement « Les congés-spectacles ». Cette association loi 1901 n'a qu'une seule fonction : exiger de l'argent des employeurs du spectacle et conserver ce fric dans ses caisses pendant quelques mois avant de le redistribuer aux employés du spectacle pour leurs vacances… ou plus probablement pour qu'ils puissent payer leur loyer.

Pas facile d'obtenir des renseignements sur Les congés-spectacles, structure aussi opaque qu'une cellule de séparatistes basques. Les appels téléphoniques sont le plus souvent traités avec dédain. Les congés-spectacles n'ont besoin de personne. La Cour des comptes n'y touche pas. La presse parisienne n'en parle jamais. Et la charte Marianne pour la transparence des services publics ne s'y applique pas. Un bel exemple de bureaucratie 100 % *french touch* : hermétique, autosuffisante et… complètement *superflue.*

Superflue ? Oui, car il serait très simple de permettre aux employeurs du spectacle d'ajouter directement les 10 % additionnels pour les vacances sur les bulletins de salaire, comme le fait d'ailleurs mon employeur RTL pour les journalistes pigistes. Un mécanisme simple, direct, efficace. Et sans intermédiaire coûteux.

Prétendre que Les congés-spectacles rendent service aux gens du spectacle serait une exagération. Autant cet organisme est capable d'une belle agressivité pour exiger des employeurs le versement de leurs cotisations de 14,3 % — en envoyant une armée de contrôleurs pour visiter le plus petit des producteurs —, autant il fait preuve d'une sérieuse léthargie pour reverser les 10 % dus aux artistes.

« Ici, on engrange les cotisations et on fait le mort. Il n'y a pas de responsable et personne ne peut dire qui a fait quoi de l'argent qui vous revient et que vous percevrez peut-être un jour, au compte-gouttes, selon un échéancier bien folklorique », proteste Didier Laurini, un illusionniste à Poitiers.

« Les congés-spectacles organisent juste un paiement en différé des droits aux congés des salariés et aucune disposition ne garantit la prise effective du congé. Ces caisses semblent avoir eu pour unique but de permettre l'organisation de cadeaux à certaines entreprises patronales et d'acheter la paix sociale », dénonce Me Lienhardt, un avocat qui a attaqué l'association en justice pour obtenir sa dissolution. Sans succès.

« Ces papiers bleus, roses, et blancs, d'abord remplis par l'employeur, puis adressés à l'artiste, qui lui-même les adresse à la caisse afin, ultérieurement, de percevoir des indemnités journalières, n'est-ce pas la caricature de la démarche administrative archaïque ? », s'interroge Élise Gasperine dans un article de la revue *La Lettre du musicien.*

Les voix qui protestent contre cette bureaucratie inutile sont bien minoritaires. L'écrasante majorité des intermittents ne dit… rien. Une soumission incompréhensible de la part d'une catégorie de Français pourtant championne toutes catégories confondues en protestations et coups de gueule. Si les intermittents n'hésitent pas à se mobiliser pour perturber des émissions télé, ils acceptent sans moufter de collectionner des kilos de feuillets bleus, de remplir des dizaines de fois les mêmes formulaires et de se déplacer pour faire la queue pendant des heures uniquement pour toucher l'argent des vacances qui leur est dû.

Comme une dizaine d'entre eux, je patiente dans la toute petite salle d'attente de l'immeuble grand luxe (sols en marbre et boiseries sur les murs) des congés-spectacles, près de l'Opéra Garnier dans le 9e arrondissement de Paris. C'est une journée caniculaire, tout le monde dégouline.

« Pourquoi ne pas réclamer le paiement direct pour vos vacances ? », demandai-je aux autres.

Ils me regardent avec un peu de méfiance comme si j'étais un agent provocateur de la Stasi est-allemande.

« Les congés-spectacles, c'est un de ces organismes qui se mettent en place… balbutie un intermittent en haussant les épaules.

— On a de la chance qu'ils nous accordent le 10 %, ça pourrait être 5 % », ajoute son voisin, en esquissant un sourire ironique.

Dans cette salle d'attente, j'ai subitement une autre vision des Français, soumis et infiniment résignés devant leurs administrations. Ce peuple râleur et révolutionnaire est capable de faire reculer le pouvoir mais pas une bureaucratie inutile.

Arrive enfin mon tour. Le seul agent administratif qui reçoit le public promet de m'expédier à domicile un formulaire à remplir pour réclamer les 1 200 euros qu'on me doit sur les 1 716 euros prélevés en mon nom.

« Et puis vous revenez nous voir, une fois rempli. »

Encore un déplacement ! Je sors de l'immeuble aussi résigné que les autres intermittents. Vraiment trop triste ce spectacle des congés-spectacles. Trop triste.

## XXII

### *Et touchez pas à notre grisbi, hein !*

De toutes les énigmes des derniers millénaires, trois restent à jamais inexplicables : À quoi servaient les pyramides ? Qui a tué Pierre Goldman ? Et combien gagne un fonctionnaire en France ?

Essayant d'y comprendre quelque chose, je fis particulièrement attention aux négociations de 2005 entre syndicats de fonctionnaires et gouvernement, en essayant de conserver une parfaite objectivité. Après tout, comme reporter, j'avais couvert d'autres tractations dures de l'histoire : entre Américains et Vietnamiens, entre Israéliens et Palestiniens et, plus amères encore, entre la belle Isabelle et Jean-Michel Jarre, une séparation qui fit naître en moi le fantasme de voir un jour une célèbre actrice m'accuser *publiquement* d'infidélité.

Mais ces marchandages franco-français sur les revenus dans le public m'ont bluffé : les deux parties ne trouvaient même pas d'accord sur la manière de calculer la paie. Les syndicats optaient pour le SMPT (salaire moyen par tête) et le ministère pour le RMPP (rémunération moyenne des personnels en place), qui trace l'évolution de la paie sur deux ans et non sur un. En plus, les syndicats minimisaient les augmentations automatiques dues à l'avancement. Quant aux primes et retraites... même la presse parisienne se contenta d'un terme vague pour évoquer la rémunération des fonctionnaires, « vaste chantier », un langage codé pour signifier qu'eux non plus n'avaient rien pigé. Il faut dire que les Français se mettant à parler fric, c'est comme un Américain qui prétend vous expliquer Descartes.

« C'est scandaleux, rien de moins ! », me dit Jean-Paul, lancé sur le sujet par un article qu'il avait lu sur ces négociations.

Normalement, c'est une question parmi d'autres que j'évite à tout prix d'évoquer en sa présence, car il en a pour une bonne demi-heure au minimum.

« Ces enflures, ils gagnent bien, et en plus ils n'arrêtent pas de faire la manche. Savais-tu que le salaire minimum dans le public est 20 % plus élevé que dans le privé, par exemple ? Et je vais te dire autre chose... »

Je me contentais de lancer des « Ah, bon ? » toutes les trente secondes, car lorsqu'il s'emporte, Jean-Paul devient tel un rouleau compresseur que rien n'arrête. Pour lui, tout fonctionnaire est aussi rapace qu'un Antoine Zaccharias de chez Vinci, point final. Dans ces moments, il faut espérer que le portable de Jean-Paul va sonner et qu'après il oubliera de quoi il parlait, ce qui fut le cas cette fois.

Je poursuivais mes investigations pour découvrir qu'effectivement les fonctionnaires, en dépit de leurs lamentations théâtrales sur le coût de la vie, le pouvoir d'achat, etc., n'étaient pas horriblement sous-payés en France. Mais il existait bel et bien un problème : le « tassement » des salaires en fin de carrière quand, pour obtenir un nouvel avancement, il ne reste plus que le titre de maréchal de France.

Et puis, par une nuit orageuse sans lune, quelqu'un frappa à ma porte. J'ouvris pour me retrouver nez à nez avec un personnage encagoulé qui me remit un tas de vieux parchemins sans mot dire, puis disparut dans l'obscurité. Ces papiers portaient la mention « Rapport Choussat » et je n'en finis la lecture qu'à l'aube. Ce diagnostic établi par l'inspecteur général Jean Choussat expliquait que la rémunération des non-cadres de la fonction publique était, à responsabilités égales, « supérieure à celle de leurs homologues du secteur privé », entre 6 % et 23,6 % de plus selon le cas. *Dynamite !* comme on dit dans mon pays d'origine. J'en avais les mains qui tremblaient. Cette étude me parut d'autant plus crédible lorsque j'appris par la suite que Dominique Strauss-Kahn, à qui elle fut adressée, l'enterra profondément, dans la même succursale de la banque zurichoise où se trouvait le *cryptex* du *Da Vinci Code*.

Mais, quelques sous de plus ou de moins pour les fonctionnaires, qu'est-ce que cela peut bien changer ? On peut accuser les employés du peuple de gagner un peu plus, mais on ne peut guère les taxer de bêtise. Après tout, ce sont eux qui ont fait LA découverte de notre temps, découverte du même ordre que celles d'Einstein ou de Curie : l'argent est secondaire car les salaires sont imposables, alors que le loisir, c'est *tax free.* De cette pensée digne d'un Nobel découlèrent les 35 heures, les RTT, les six semaines de congés, les policiers qui bossent 40 % en moins depuis 1960, les postiers et leurs 56 jours de repos par an (week-ends non compris) et les agents d'EDF aux 32 heures payées 38. On peut traiter de « nouveaux riches » ceux qui s'enrichissent grassement dans le secteur privé, mais aucun terme péjoratif n'existe pour les fonctionnaires si bien nantis en farniente. Si Guizot vivait encore aujourd'hui, il leur lancerait un vibrant « Reposez-vous ! »

Tout prétexte est bon pour pouvoir rentrer à la maison avant l'heure. Le fameux « droit de retrait », instauré en 1982, permet à un salarié d'arrêter le travail en cas de danger. Les enseignants en profitent souvent, ce qui explique leur réticence à admettre les forces de l'ordre à l'intérieur des écoles : plutôt rentrer chez soi. Comme ce droit est « spontané », la direction de la SNCF décide de ne pas le contester devant les tribunaux, même pour les agents se « retirant » quand ils se trouvent à des centaines de kilomètres du lieu d'une agression. Un cheminot en grève n'est pas payé, en « droit de retrait », si.

Dans certains cas, récompenser les agents de l'État en heures *off* est compréhensible et même logique, compte tenu de certaines rigidités dans la fonction publique. « Je ne peux pas offrir à mes chercheurs plus de rémunération lorsque c'est mérité, mais je peux leur proposer de travailler moins », m'a expliqué un grand patron d'un laboratoire du CNRS. Mais bien d'autres s'octroient ce privilège, sans passer par le mérite. De fait, il paraît plus facile de passer ses vacances dans un centre de rétention que d'obliger certains bureaucrates à travailler le temps réglementaire. C'est du moins la conclusion d'un étudiant à Dijon, encore jeune et naïf sans doute, étonné par l'éthique de ses collègues fonctionnaires alors qu'il occupait un travail saisonnier dans un musée de la ville. Il m'a envoyé le témoignage suivant : « Tous les employés me poussent à utiliser généreusement le téléphone du musée, même pour appeler vers des portables, et chaque fois qu'ils sont pendus au téléphone, parler cinq minutes, c'est le minimum. Ma supérieure me pousse carrément à faire des pauses et à fermer jusqu'à quinze minutes avant l'heure, c'est fou ! Vu que sur la porte, il est écrit "de 14 heures à 18 heures", sans aucune mention de pause ou de quoi que ce soit. Elles font leurs jeux de lettres par téléphone, alors on imagine la note chaque mois ! » À travers ce court récit, on comprend que l'indolence des fonctionnaires sert au moins à créer des emplois d'été pour les étudiants et... à réconforter les actionnaires de France Télécom.

Attention, nous ne parlons là que du travail fourni par un nombre limité d'agents du public : ceux qui pointent. Car, dissimulées dans un autre *cryptex* de la même succursale zurichoise, se cachent les statistiques sur l'absentéisme dans le public, des chiffres qui nous font comprendre qu'un fonctionnaire stakhanoviste, cela n'existe pas.

Parler des absences dans le public est un grand tabou, comme Claude Allègre l'a découvert quand il a voulu diminuer celles des profs. Des enquêtes indiquent que l'absentéisme « santé » (la cause principale) est deux fois plus important dans le public (11 jours d'arrêt maladie pour la fonction publique hospitalière et 11,3 pour la fonction publique territoriale, notamment) que dans le privé (5,5 jours d'arrêt maladie). Curieusement, les pics d'absentéisme se situent à Aix-en-Provence (22) et à Montpellier (21,5), les deux villes où pique-niquer sur l'herbe est accessible le plus grand nombre de jours de l'année. Quant à Brest, en troisième position avec 18,5 jours d'arrêt maladie, cela doit être « à cause » de l'air marin. Pour mieux réguler ces absences — je n'ai pas dit contrôler, hein ! —, certains avancent l'idée que la Cnam pourrait agir afin d'« égaliser » le domaine des arrêts maladie. En effet, quand un salarié du privé est arrêté, son patron est informé de l'origine de sa maladie. Pas dans le cas d'un fonctionnaire dont le supérieur n'a pas le droit de savoir s'il s'agit d'une jambe cassée ou du mal du siècle. Résultat : pas le moindre contrôle.

Les fonctionnaires ont tout de même leurs défenseurs, en dehors des syndicats. Le sociologue Pierre Bitoun, dans un article publié par *Le Monde diplomatique*, critique ce qu'il décrit comme un « matraquage » médiatique contre les fonctionnaires du pays, tandis que « quelques dizaines de “capitaines” de la finance et de l'industrie font l'objet d'un silence ». Mais même les patrons voyous sont au moins assidus au travail. Malheureusement.

Afin d'encourager le retour des grands absents, le maire des Ulis (Essonne) a trouvé une idée ingénieuse : une prime de 40 euros par mois pour ceux qui viennent au travail « régulièrement », même si cela implique que le salaire ne suffit plus à motiver ses employés. Cette idée de Paul Loridant a été rejetée par les syndicats qui ont protesté parce que les fonctionnaires enceintes ou ceux (vraiment) malades seraient pénalisés. Une réaction pas si étonnante : il ne faut pas confondre « fonction publique » et « pôle de compétitivité ».

## XXIII

## *Un mot sur vos plus grands sévices publics*

Follement épris de son service public, le Français observe avec une satisfaction non dissimulée chaque accident ferroviaire outre-Manche comme un motif supplémentaire pour louer la supériorité de son modèle par rapport à celui des *rosbifs*. Et zappe totalement au passage que, chez lui en Gaule, l'amiante commence tout juste à causer une hécatombe de victimes et que le nuage de Tchernobyl ne s'est pas arrêté à la frontière contrairement aux dires des fonctionnaires pendant des années.

C'est un peu le même genre de jubilation nationale que l'on retrouve lors de ces grandes pannes d'électricité aux États-Unis, qui paralysent des villes comme New York ou des régions entières comme la Californie. Dans ces moments d'orgueil aux dépens d'autrui, le Français est particulièrement fier d'apprendre que son EDF est le plus grand producteur d'électricité au monde, comme si sa taille résultait de son efficacité, et non de son marché domestique ultra-protégé. Aux États-Unis, il existe 3 170 fournisseurs de courant, dont 2 000 liés au secteur public. Ce sont précisément ces derniers qui ont le plus grand mal à entretenir leur réseau et sont le plus souvent responsables des *black-out.* D'ailleurs, chez moi dans l'Ohio, on n'est pas mécontent de ces pannes : New York n'est qu'un foyer de socialisme à la française, et en Californie prolifèrent écologistes, végétariens, altermondialistes et autres farfelus Une journée sans nouvelles d'eux, ça repose.

Mais revenons à la réalité française, si vous le voulez bien. Essayez de dire à un Corse qu'EDF est un service public, et vous risquez fort de recevoir une dose de plombs dans les tripes, car cette île souffre de coupures régulières depuis belle lurette (cela donne toute sa dimension à mon opinion sur les New-Yorkais et les Californiens...).

Ainsi, s'il *faut* évoquer les accidents de chemin de fer en Angleterre ou les coupures de courant en Amérique, il ne faut pas passer sous silence les déboires de ses propres services publics comme, par exemple, ces dix-huit personnes mortes à Mulhouse à la suite d'une explosion de gaz en 1999. GDF, une entreprise publique à laquelle même les UMP *hardcore* ne veulent pas trop toucher, avait annoncé le remplacement de tous les tuyaux en fonte grise avant 2000, mais les gaziers avaient « oublié » les cent mètres de la rue de la Martre, cent mètres qui auraient coûté 1 900 euros pour les travaux de mise en conformité. Jean-Pierre Moppert, président de l'Association des victimes constate qu'on a bien fait les travaux dans la rue voisine en 1995, mais que « quelqu'un » a décidé de ne pas aller plus loin. Dommage qu'un statut de service public ne soit pas une garantie contre l'erreur humaine…

Mais la notion de service public a tellement la peau dure en France, que la mémoire collective montre une étrange capacité d'amnésie par rapport aux multiples dysfonctionnements de ces monopoles d'État. Car il s'agit bien de cela dans la réalité, les entreprises publiques sont la concrétisation d'un vieux rêve capitaliste : le monopole. Et les Français sont tellement attachés à leurs monopoles publics qu'ils sont encore deux sur trois à s'opposer à leur privatisation.

Plébiscitée et confortée dans sa situation, EDF, plutôt que d'offrir à ses si fidèles abonnés des économies de taille, s'occupe surtout de ses 200 000 agents. Le prix du kilowattheure n'est en effet pas plus bas ici qu'ailleurs, en dépit de l'énorme investissement de l'État dans le nucléaire. En revanche, les agents de cette entreprise publique sont un véritable contre-pouvoir en France, avec une efficacité redoutable pour tout ce qui concerne leurs propres intérêts. À la liste des trois meilleures organisations de l'histoire occidentale, c'est-à-dire l'Église catholique, l'armée prussienne, et la Standard Oil, il convient d'en ajouter une quatrième : le comité d'entreprise d'EDF.

Quand je raconte à des amis américains que l'abonné français moyen sponsorise un syndicat communiste, la CGT, à travers le comité d'entreprise du fournisseur d'électricité, ils me prennent pour un… illuminé. Je ne sais pas pour vous, mais ma dernière facture d'EDF comportait la mention « Autres prestations : 7,70 euros ». À votre avis, ça sert à quoi ?

Cette omnipotence sponsorisée par les citoyens a permis à EDF de jouer les capitalistes à l'étranger. Hélas. L'entreprise a, par exemple, investi dans une filiale brésilienne, Light, en dépit des mises en garde du Trésor. En cinq ans, Light a perdu 5 milliards de dollars. De même, certaines acquisitions de l'électricien peuvent allumer un projecteur pas franchement brillant sur la maison mère. Le géant français a acheté en 1999 la London Electricity, fournisseur britannique d'électricité et de gaz, dont les frais de personnel ne dépassent pas 10 % de son chiffre d'affaires, alors que ceux d'EDF s'élèvent à 25 %.

Mais je ne m'inquiète pas pour EDF, pas pour l'instant en tout cas. Comme l'exemple de la SNCM l'a prouvé, un monopole étatique (pardon, je voulais dire un « service public ») n'a besoin que d'un seul élément pour survivre : un public qui n'a pas le choix. Étonnamment, ces entreprises publiques sont assez peu solidaires entre elles et quand il s'agit de leurs intérêts, elles commettent de belles infidélités à l'économie nationale. Ainsi, la SNCF s'approvisionne en courant auprès d'une société privée espagnole, la SNET/Endesa. C'est son choix…

Mais là où je proteste énergiquement, c'est contre cette politique de la SNCF qui consiste à transformer chaque voyageur en contrôleur. Pour moi, le compostage est une pratique inutile et sinistre !

Invité à parler devant un groupe d'étudiants en commerce à Lyon, je devais prendre un train au départ de la gare de Lyon à 12 h 35. Alors que j'étais sur le pas de ma porte, mon téléphone sonna. Une vieille dame, une lectrice, m'appelait pour me dire qu'elle venait de perdre son chien, et je ne pouvais décemment pas écourter cette conversation. Après lui avoir fait part à plusieurs reprises de tous mes regrets pour cette disparition, je partis enfin, avec vingt minutes de retard. Je n'habite pas bien loin de la gare, mais la circulation était impossible ce jour-là. Je forçai l'allure sur mon scooter, et deux fois, pendant le trajet, je frisai la mort. Je suis arrivé juste à temps, courant les derniers cinquante mètres en sprint. Une fois à bord du train, je m'aperçus d'un oubli majeur : Ciel, je n'ai pas composté mon billet !

Le compostage relève d'une obligation traditionnelle de la part des administrés : si le fonctionnaire ne fait pas bien son travail, il faut le faire pour lui. Ce qui est pire que ces accidents du rail en Angleterre, à mon avis.

Dans une France qui se veut moderne et concurrentielle, il ne suffit pas, pour être un voyageur en train en règle de faire la queue pour acheter son titre de transport, de trouver le quai, de prendre sa place et de tendre le billet pour l'inspection du contrôleur. Non. Il faut une étape bureaucratique supplémentaire, le compostage (qui n'existe pas dans les autres pays). Cette obligation a le mérite de transformer un honnête usager en possession d'un billet en fraudeur potentiel, mais aussi d'embêter les employés du service public. « La régularisation d'un billet non composté (BNC) est l'une des tâches les plus délicates d'un contrôleur SNCF, à tel point que certains d'entre eux n'osent pas s'y essayer ! », me confie Robert, une connaissance qui travaille pour l'entreprise. « Mais c'est nécessaire car certains voyageurs savent profiter des contrôles sporadiques. »

Au détriment de ceux qui pleurent un toutou décédé...

# XXIV

## *Petite pause « fraudes diverses »*

Aux yeux de ses bureaucrates, le Français moyen n'est pas un fraudeur, mais il sait profiter des remboursements en laissant par exemple l'opticien « déplacer » le prix des montures sur les verres. Ou en sollicitant auprès de son généraliste une petite pause sous forme d'arrêt de travail. Tricherie ? Oui, mais les agents de la Sécu sont parfaitement au courant de ces pratiques, parce qu'ils ne sont pas les derniers à en profiter. Mettre sur pied un système anti-fraude douce serait un peu trop… anglo-saxon.

Mais ces gentilles libertés ne suffisent pas à certains administrés.

Quand un Français condamne les actes de fraude qui gonflent le déficit des caisses, il parle toujours de la triche des *autres.* Mon copain Jean-Paul peste régulièrement contre les fraudeurs au RMI et aux allocations familiales. Pourtant, il évoque avec nostalgie la période de sa vie où un employeur a pratiquement dû s'endetter pour régler les indemnités afin de pouvoir se débarrasser de lui, tellement il était inefficace (« C'est vrai que j'étais nul », avoue Jean-Paul maintenant). Ensuite, ce fut le farniente, aux frais de la collectivité. Il appelle cette belle époque ses « Trois Glorieuses », plus de trente mois passés à glander, à boursicoter, à faire des musées et à découvrir, une par une, les plages des Caraïbes. Entre ses départs, il pointait à l'ANPE avec un air de détresse sociale sur le visage lors des entretiens avec son conseiller et refusait toute proposition qui ne constituait pas une « offre valable d'emploi » (à un niveau de salaire équivalant à l'ancien) comme le prévoit le Code du travail, l'ouvrage le plus généreux du monde pour les « travailleurs ».

« Le tout, c'est de rester en permanence bronzé, comme ça les fonctionnaires te prennent pour un métis. J'aurais pu accepter un autre boulot tout de suite, mais il faut être con pour rebosser à temps plein afin de gagner 2 000 ou 3 000 francs de plus qu'avec l'Assedic. Mais en fin de droits, j'ai dû faire un retour au travail. » Une décision qu'il regrette parfois, même si son école buissonnière a dû coûter fort cher aux caisses. Et puis, sa copine Muriel commençait à rouspéter : elle trimait comme avant et c'est elle qui payait le loyer.

Les Français, en dépit des titres dans les journaux et malgré les études des sociologues, ne sont pas *tous* si angoissés par une petite période d'exclusion, à condition d'avoir un parachute. Il y a peu, une amie a vu sa boutique de mode située dans le 8$^{e}$ arrondissement de Paris vendue avec pour résultat son licenciement économique. Zéro larme. « Je vais prendre un peu de temps pour moi », m'a-t-elle expliqué, très sereinement. Du coup, pas de zèle pour chercher un nouveau boulot, surtout qu'elle avait droit à plus de deux ans de chômage. En plus, elle a un mari qui continue à bosser. Grattez un chômeur épanoui en France et vous trouverez quelqu'un avec un conjoint en activité. Mais ce n'est toujours pas de la fraude, pas officiellement en tout cas.

De telles « pauses » se justifient normalement dans la tête de l'administré. Il oublie que ses cotisations seules ne lui garantissent que quelques mois d'indemnités. Il faut donc y ajouter les cotisations des autres, ce qui donne tout son sens au fameux mot « solidarité ».

En général, on propose au public et aux rares élus qui s'intéressent à la question de la fraude des excuses d'une parfaite mauvaise foi informatique : « Nous ne sommes pas habilités à consulter les fichiers Urssaf », jurent par exemple les fonctionnaires ; les organismes de recouvrement des cotisations de Sécurité sociale n'ont pas la possibilité matérielle d'effectuer des vérifications systématiques ; les entreprises sont tenues de déclarer leur masse salariale et leurs effectifs, pas l'identité de tous leurs salariés ; l'Unedic est une association alors que l'ANPE est un organisme d'État et ils n'ont donc pas la même culture… À partir de la mention d'un deuxième sigle, la majorité du public s'abstient d'écouter, et la question de la triche reste sans réponse. À la troisième justification, n'importe quel contribuable entre dans une transe profonde.

Selon certains, la *vraie* fraude pourrait coûter 1,7 milliard d'euros par an aux organismes sociaux, un chiffre contesté par bien des experts qui évoquent, eux, trois à quatre fois cette somme. Le total évanoui fait de cette fraude une industrie bien assez importante pour être cotée à la Bourse de Paris. Si l'on inclut la fraude *soft*, il faudrait un superordinateur Cray pour calculer le montant total des frais.

Mais pourquoi les fonctionnaires ne créent-ils pas un système plus rigoureux, comme dans les pays scandinaves ? Il y a certes l'explication *culturelle* classique : les Français sont des resquilleurs qui ne supportent pas les balances. « Nous n'avons pas envie de vivre sous le regard inquisiteur du voisin ou du collègue de bureau », théorise le philosophe André Comte-Sponville. Traduction : en France, nous aimons les tricheurs. Vous ne me croyez pas ? Prenez cette étude de deux économistes français qui montrait que 61 % des Français acceptent la tricherie si c'est pour obtenir des avantages sociaux (contre seulement 15 % au Danemark, un pays moins drôle). La dénonciation étant malpolie, la petite fraude ne sera jamais un grand crime pour les Français et, du coup, la fonction publique étant de fait le plus souvent laxiste, le modèle français est condamné à toujours prendre l'eau.

Les agents de l'ANPE refusent catégoriquement de jouer les flics. « On est là pour accompagner », explique un agent de l'Assedic, où le mot « contrôle » est tabou. Pour le contrôler, on ne demande au chômeur que de répondre à cinq petites questions par Internet. Pas trop difficile, quand même.

Il existe une autre explication pour ce dynamisme de la fraude à la française. Je parle de la punition *féroce* réservée à ceux qui trichent grâce à un de ces « kits Assedic » bidons et qui se font prendre : on va jusqu'à leur demander non pas d'aller en prison mais de restituer les sommes indûment perçues. Enfin, s'ils veulent bien ou si cela ne les indispose pas trop. Belle dissuasion : si vous trichez, on pourra vous obliger à rembourser l'argent, sauf si vous l'avez déjà dépensé ou si vous êtes trop pauvre.

Ces largesses sont répandues dans le système social, et il faudrait être Jésus pour ne pas en profiter de temps en temps. Rappelez-vous la « réforme » de la Sécurité sociale qui oblige le patient à voir son généraliste avant d'aller chez un spécialiste. Un vrai durcissement ! Mais il suffit de dire au spécialiste que le médecin traitant est absent. « Le spécialiste ne vérifiera pas si votre médecin traitant est bien en vacances », conseille *Capital*. Incroyable, cette invitation à la fraude se trouve ensuite noir sur blanc dans les pages d'un mensuel à grand tirage, qui au moins a la franchise de reconnaître que la triche fait partie intégrante du système. Et pourquoi seraient-ils inquiets, ces gestionnaires du denier public ? Ils ne travaillent pas pour une entreprise du privé qui doit faire des bénéfices ou périr, et les dirigeants ne touchent aucune prime s'ils réduisent la dette nationale.

Naturellement, on essaie de rassurer un peu l'honnête contribuable. Une CPAM de Marseille traque les tricheurs, qui affluent de tous les coins de la ville sur une seule pharmacie, ou alors un surconsommateur qui voit sept médecins et une quinzaine de pharmaciens. « On a les outils », prévient un fonctionnaire du service des fraudes. Mais les déplacements sur le terrain sont rares. Sauf pour le fisc : une copine traductrice qui a vu ses revenus fondre d'une année sur l'autre a eu droit à une visite à domicile pour vérification de son train de vie, une pratique assez régulière. Mais, mis à part cette administration, les caisses sociales sont aussi trouées qu'un gruyère. Quand un faux « chômeur » vient pour la première fois, l'Assedic vérifie que son employeur est inscrit au tribunal de commerce (comme le sont des milliers de sociétés fantômes), mais on ne se donne pas la peine de contrôler si les cotisations ont réellement été versées à l'Urssaf, une faille administrative de la taille des gorges du Tarn.

On dispose des outils, mais un simple croisement de fichiers n'est pas effectué. Résultat : un Jacques Dupont peut faire sa demande dans plusieurs CAF sans que les autres le sachent, car par simple paresse on n'a pas de fichier national des allocataires. Le fichier national, c'est prévu pour 2008. Promis, juré.

En général, la répression des fraudes n'est que symbolique et ce, principalement à cause de la mentalité des fonctionnaires qui ne veulent pas trop connaître le fond du problème, comme tous ces parents qui ne désirent pas trop avoir d'illuminations sur le shit caché au fond du tiroir.

« Avec le RMI, on ne peut pas vivre ! » râle un fraudeur de l'Assedic, pour justifier son délit et, en même temps, pour menacer un contrôleur de représailles. Et tout cela devant une caméra de M6 ! Le contrôleur semble presque s'excuser de devoir conduire son enquête. Qui veut parier que ce tricheur finira derrière les barreaux, comme il le mérite ? Pas moi.

Quant à ce très grand fraudeur, un éducateur social du Languedoc-Roussillon qui a escroqué 38 caisses pendant deux ans, volant une Marianne dans une petite mairie de Dordogne, falsifiant des fiches d'état civil, des déclarations de ressources personnelles et des preuves de loyer, et incluant toujours une lettre « Ce sont mes parents qui m'aident », on ne peut que soupirer de regret. Une telle énergie, un si grand esprit d'organisation, autant de talent aurait pu profiter à la nation dans un domaine plus légitime que la tricherie administrative ! Mais quand l'ascenseur social est bloqué…

« On ne peut pas mettre ça au même niveau »,

explique la syndicaliste Annie Thomas de l'Unedic, à propos du tricheur vacancier et des fraudeurs à l'Assedic. Pour elle, la triche, c'est même la faute au gouvernement qui ne donne pas assez de moyens aux caisses. « On laisse des gens tout seuls, sans rencontrer quelqu'un de l'Assedic pendant six mois », explique-t-elle. Laissé à lui-même, le Français s'enfonce naturellement dans les ténèbres. Tant que les fonctionnaires et les dirigeants du paritarisme s'attaqueront à la fraude organisée, alors que c'est la fraude douce qui coûte de loin le plus cher, les crédits iront aux plus malins plutôt qu'aux nécessiteux.

Il y a en revanche un avantage à cette politique de « portes ouvertes » des organismes sociaux : la France a moins de hold-up de banques comparée à ses voisins. Pourquoi risquer un vol à main armée quand il suffit d'un « kit Assedic » qu'on achète 800 euros mais qui en rapporte 60 000 sur trois ans ?

La vérité est simple : depuis 1945, les fonctionnaires des services sociaux ont conçu un système qu'ils ne maîtrisent pas, et que même un tyran comme Gengis Khan aurait du mal à maîtriser. Le labyrinthe des caisses, la jungle des remboursements et la multiplicité des démarches administratives sont par nature trop chaotiques pour être gérables. Chaque année, par exemple, 55 milliards d'euros échappent aux caisses à cause du travail au noir et une minuscule gouttelette est récupérée grâce aux contrôles : 17,6 millions en

2005. À peine assez pour payer les salaires des contrôleurs, même si, selon le décompte officiel, 59 000 entreprises ont été visitées en 2005 et 3 000 verbalisées.

Pour l'inspection du travail, il faudrait doubler le nombre des inspecteurs qui, proportionnellement au nombre de salariés, sont moins nombreux aujourd'hui qu'au début du XXe siècle. C'est illusoire. Doubler les inspections ne ferait que doubler les sommes récupérées, mais cela resterait toujours une goutte d'eau. La masse du travail non déclaré ne disparaîtra pas tant que les cotisations à l'Urssaf feront doubler le coût de la main-d'œuvre. À moins de faire de la France un véritable État policier comme le fut l'Allemagne de l'Est, avec des espions de quartier et des millions de corbeaux. Il faudrait que chaque chantier dans un appartement privé soit signalé, et contrôlé pour tous les immigrés polonais y travaillant. Mais dans un pays où les privilégiés, comme Jean-Pierre Chevènement ou la fille de Jack Lang pour ne citer qu'eux, peuvent bénéficier d'un HLM parisien, comment s'attaquer à la fraude douce des gens ordinaires ? Difficilement.

Dans notre ère informatique, les services sociaux pourraient-ils mettre sur pied un système plus filtrant pour empêcher le genre de vacances officieuses et à long terme qui ont aidé l'Assedic à afficher une dette cumulée de 15 milliards d'euros ? Réponse jésuite : Est-ce que le pape est catholique ? Bien évidemment qu'ils pourraient — s'ils voulaient. Le veulent-ils ? Réponse : Le pape est-il marié ?

Ils ne le veulent pas car ce serait une double confession : *primo*, le système mis en place depuis 1945 est défaillant ; *secundo*, il a créé des générations d'adeptes de paperasse. Inévitablement, certains d'entre eux se focalisent sur les failles du système, tout comme Windows de Microsoft a développé sa communauté internationale de *hackers*. Avec cette différence que l'État providence offre aux tricheurs administratifs non seulement le plaisir de *battre* le système mais en plus d'en profiter financièrement, un avantage dont ne jouissent pas les pirates de Microsoft.

Et si les médias faisaient leur boulot en nous informant sur la vraie dimension des fraudes, dures et douces, de la même manière qu'ils s'épuisent à toujours vouloir nous raconter les vrais mystères des francs-maçons ? Enfin, *Le Nouvel Observateur* m'apprend un jour que la police française est sur la piste d'un réseau de fraudeurs aux allocations chômage et que, selon « un document interne », l'argent récolté aurait servi « à financer des actions terroristes ».

Le laxisme de l'Unedic derrière la destruction des Twin Towers de New York ? Chic ! Une nouvelle piste pour Thierry Meyssan…

## XXV

## *Ma crise du logement*

Un ami parisien, Éric, part s'installer deux ans aux États-Unis, envoyé par son employeur pour un projet informatique. Avant son départ, il me demande des conseils sur un pays qu'il ne connaît pas.

« Il faut faire gaffe avec quoi, là-bas ?

— Le logement, lui dis-je. Si tu loues un appartement, il faut bien régler le loyer, sinon on te met à la porte. Et la trêve d'hiver, ça n'existe pas.

— Ah, bon ! réagit Éric, abasourdi comme s'il venait d'apprendre qu'on y mange des Français vivants. Et pour avoir un appart, il faut quels documents ? poursuit-il, déjà un peu chancelant.

— Un seul, un chèque bancaire. Pour payer le premier mois du loyer plus la caution. »

Une deuxième fois, Éric n'en croit pas ses oreilles. Pas de garantie bancaire, de fiches de paie, d'attestations diverses ?

Je savoure ce genre de petits moments quand il m'arrive d'apprendre aux autochtones que le reste de la planète n'a pas forcément trouvé les mêmes solutions de société qu'en France.

En effet, le marché du logement est libre dans mon pays (à part dans la ville de New York, où il vaut mieux avoir un dossier chic comme en France), ce qui facilite l'accès à un appartement (ou une villa à l'américaine, avec pelouse à tondre tous les week-ends) pour la plupart des gens, notamment ceux de la classe moyenne. En cas de non-paiement du loyer, le propriétaire obtient, dans le cas de l'Ohio, un ordre d'expulsion par Internet (prix : 2 dollars). Trois jours plus tard, la police intervient pour enlever les biens du locataire, qui sont placés dans un garde-meuble, à ses frais.

Comme d'habitude, la France et l'Amérique sont aux antipodes. Ici, le locataire est hyperprotégé, au point que les propriétaires filtrent les candidats, ce qui empêche l'accès au logement pour beaucoup. Dans certains quartiers, on a plus de chances d'entrer dans une grande école que dans un deux-pièces. Outre-Atlantique, le locataire est peu protégé mais l'accès au logement est facilité, à condition de pouvoir payer.

Emmanuel, lui, est horrifié quand je lui explique le marché du logement aux États-Unis.

« Tu trouves acceptable qu'un proprio puisse mettre dehors son locataire qui ne peut plus payer son loyer parce qu'il a peut-être perdu son boulot et qu'il a des difficultés ? me demande-t-il. Comment veux-tu qu'il se retourne s'il a aussi des problèmes de logement ?

— Cela veut dire qu'en cas de licenciement, c'est le propriétaire qui doit en pâtir même si ce n'est pas lui qui touche les indemnités ni les allocations chômage ? Les propriétaires ne sont pas des agences d'aide sociale.

— On appelle ça "la solidarité" mon vieux, m'a rétorqué comme d'habitude Emmanuel. T'as encore des choses à apprendre sur la France. Nous croyons, nous, en la justice sociale. »

Dans sa vision franco-française, Emmanuel considère — sans le dire ouvertement — que les propriétaires-investisseurs sont des nantis et qu'ils peuvent très bien se passer de quelques mois de loyer. Pas toujours pourtant. Quand mon fils a eu 18 ans, qu'il était toujours à notre charge mais désirait un peu d'indépendance, je lui ai trouvé une petite chambre rue des Carmes. À ma surprise, l'agent immobilier hésitait à nous le louer, car je n'avais pas de fiches de paie *à la française* (mon employeur de l'époque, *Newsweek*, étant un hebdomadaire américain). J'ai passé une bonne semaine à constituer un dossier solide, avec un tas de photocopies et une lettre à en-tête *Newsweek* déclarant que Ted Stanger était un citoyen modèle et un père responsable. Une lettre signée par ma secrétaire. Notre candidature fut finalement acceptée par la propriétaire et, au moment de la signature, l'agent a eu une dernière supplique : « S'il vous plaît, monsieur, faites attention à bien assurer le paiement du loyer mensuel car la propriétaire est une vieille dame avec peu de ressources et son revenu pour vivre dépend de cette chambre. » Et ce n'était pas une astuce, car chaque mois quand je réglais, j'échangeais quelques mots avec M^me^ Vedrenne, qui habitait dans le quartier. Sans cet argent, elle aurait eu du mal à joindre les deux bouts. Elle tremblait de trouille, la pauvre, à l'idée de tomber sur un locataire indigent.

La loi conçue par de hauts fonctionnaires et appliquée par d'autres fonctionnaires transforme de fait chaque agent immobilier et chaque propriétaire en agent administratif qui doit éplucher les dossiers des candidats. Une visite d'appartement dans la capitale prend parfois les allures d'un concours où les meilleurs candidats sont ceux qui disposent des revenus les plus stables, les fonctionnaires donc.

Mais peut-on facilement avancer vers la justice sociale réclamée par Emmanuel en réglementant de la sorte le marché du logement ? Les pauvres de France ont plus facilement accès aux logements sociaux (qui existent chez nous sous l'appellation de « taudis »), c'est certain. Mais pour de nombreux jeunes et une partie des classes intermédiaires, le secteur privé est un véritable casse-tête. Même moi, je dois m'agripper à mon appartement en location comme un alcoolique à sa bouteille, sachant très bien qu'à mon âge avancé j'aurais beaucoup de mal à trouver un propriétaire qui m'accepte. À trop vouloir aider quelques défavorisés, on finit par créer un enfer pour les classes moyennes.

Car, il faut le dire, le vrai courage en matière d'immobilier, c'est de louer. Au début, je ne comprenais pas toutes ces pubs d'agences immobilières qui promettaient « loyer garanti ». Et puis un ami journaliste, Roger, m'a raconté comment cela s'était passé avec un deux-pièces qu'il avait mis en location.

« Mon locataire a arrêté de me régler et il a fallu deux ans de procédure avec des frais d'avocat pour l'expulser. J'ai perdu deux années de loyer, et quand, finalement, j'ai récupéré mon appartement, j'ai flippé. C'était dans un état immonde... »

Roger a préféré revendre.

En effet, un propriétaire n'a pas souvent raison, et encore moins rapidement. Il y a quelque temps, les médias ont trouvé l'exemple d'un couple breton qui avait acquis une chambre inoccupée à Paris pour que leur fils puisse faire ses études supérieures dans la capitale. Mais, entre la signature de la promesse de vente et la remise des clés, un couple de mal-logés s'était introduit dans les lieux en changeant la serrure. S'adressant à la police pour les expulser, le nouveau propriétaire a découvert une improbable vérité : les fonctionnaires agissent pour protéger les droits des squatteurs, pas ceux des propriétaires. Non seulement il était impossible d'expulser les envahisseurs sans une longue procédure judiciaire, mais en prime le propriétaire devait continuer à payer l'eau, l'électricité et toutes les charges de la copropriété en attendant la décision des magistrats.

Pencher pour le « camp » des propriétaires ? Non, mais on peut noter que leur méfiance (justifiée) est préjudiciable aux honnêtes candidats à la location qui ont droit aux mêmes égards que des bagnards.

Certes, réglementer le secteur privé n'est pas des plus faciles et la France des fonctionnaires a bien du mal à laisser construire suffisamment de logements. Et quand on y arrive, ils ne sont pas là où on en a besoin. Construire en Île-de-France relève du challenge face à plusieurs niveaux de bureaucraties qui ont chacune leur mot à dire : l'État, la Région, le Département et la Ville. Un projet peut être bloqué à n'importe quel échelon. « Nous avons inventé un système qui conduit à la paralysie », constate le député UMP du Val-de-Marne, Gilles Carrez.

En 2003, les lois dites Robien et Besson ont justement établi des avantages fiscaux pour l'achat d'un appartement neuf destiné à la location. Résultat : une frénésie de construction alimentée par de petits investisseurs en quête de réduction d'impôts et bientôt… la difficulté dans certaines villes de trouver un locataire pour occuper les appartements nouvellement construits. À Montauban, les reporters de TF1 ont découvert une ville qui a vécu une explosion de l'offre, avec plus de 3 000 appartements mis sur le marché ces derniers mois, mais pas suffisamment de locataires.

Un bon tiers des appartements restent vides, notamment parce que la loi a encouragé les investisseurs à fixer des prix de location élevés. Cette situation a poussé la Ville à réduire aujourd'hui de moitié les permis de construire.

Les experts en logement public ne font pas mieux. Pour rivaliser avec la triste performance américaine en matière de logements sordides, les urbanistes de la fonction publique ont en effet encouragé la naissance d'une deuxième France, celle des ghettos au chômage fort, aux revenus faibles et où policiers et pompiers sont souvent caillassés. « Construire des logements sociaux n'a jamais empêché la création de ghettos », avance Jean-Marc Stébé, un sociologue à l'université Nancy-II. Mais ces zones de non-droit, qui étaient au nombre de 148 en 1984, se sont multipliées pour atteindre un inquiétant 752 en 2005. Chez nous les Yankees, le marché libre crée des ghettos, en France, ce sont les fonctionnaires qui s'en chargent. Une certaine symétrie franco-américaine en fait…

On évoque souvent l'idéologie de la mixité sociale comme moteur de la politique du logement, sans trop chercher à débattre de ses limites. Car des limites, bien évidemment, il y en a… Une loi qui oblige chaque commune à faire 20 % de social dans la construction est aussi utopique qu'une loi destinée à interdire la pauvreté. Surtout, le problème avec les utopies, c'est que cela empêche parfois de voir des réalités.

Dans *L'Apartheid scolaire*, une enquête fondée sur les prénoms de 144 000 élèves, trois sociologues, Georges Felouzis, Françoise Liot et Joëlle Perroton, ont trouvé que dans l'académie de Bordeaux 10 % des collèges scolarisent plus de 40 % des élèves immigrés ou issus de l'immigration. De nombreuses familles évitent les collèges considérés comme pas suffisamment blancs.

Dans ce domaine, les Américains vous ont devancés en essayant le *busing* et d'autres pistes pour mélanger les classes — avec plus ou moins de succès. Une étude récente en Caroline du Nord prouve qu'une bonne mixité, au moins sur le plan économique, aide *tous* les élèves à faire mieux. La fonction publique, en revanche, applique aveuglément des règles théoriques qui ne changent pas assez la donne sur le terrain. Et dans le même temps, elle empêche d'en connaître les résultats (ce qui explique pourquoi Felouzis et ses collègues ont eu recours à des prénoms).

Qui pourrait conseiller l'ultra-dépendance américaine envers le secteur privé comme modèle ? Pas moi ! L'Amérique, c'est sûr, a besoin de plus de logements sociaux. Même à New York, la ville la plus française chez nous, seules 417 000 personnes (soit 5 % de la population) vivent dans un HLM, où ils paient un tiers de leur revenu en loyer.

On peut comprendre l'importance du logement en France car, selon vos fonctionnaires, celui qui n'a pas de résidence n'existe pas (comme aux États-Unis, les Américains sans permis de conduire). Je fais référence ici à ces « nouveaux bidonvilles » que sont certains campings. Loin de l'image « vacances en plein air » véhiculée par le film à succès, les campings logent de plus en plus tous ceux qui n'ont pas les moyens de s'offrir un abri classique. La plupart du temps, l'administration refuse de délivrer des papiers à ces « campeurs », même quand ils sont sur place depuis des années. Pas de domicile, pas de droits.

La France des fonctionnaires a besoin de plus de mixité dans le sens d'un plus juste équilibre entre privé et public. Pourtant, une bonne partie de la classe politique plaide pour davantage d'aides et de réglementation, à l'instar de la socialiste Marie-Noëlle Lienemann, une ex-ministre du Logement qui propose une Couverture logement universelle pour un coût annuel équivalant à celui d'une guerre en Irak. « On en a les moyens », surenchérit Xavier Emmanuelli, le sympathique et compatissant directeur du Samu social, évoquant les logements sociaux et des centres d'accueil. C'est vrai, la France est suffisamment riche pour garantir à chacun un logement décent, mais pas sans sacrifier d'autres programmes sociaux. Walt Disney, ce n'est pas la réalité !

Le plus mystérieux pour un Américain qui vit parmi vous, ce sont les cas extrêmes que vous tolérez. Les 600 mètres carrés d'Hervé Gaymard, une goutte d'eau dans un océan de privilèges, l'ont contraint à la démission. Mais il existe quantité de locataires profiteurs de la loi de 1948, disposant parfois d'une centaine de mètres carrés en plein Paris et qui peuvent s'offrir une résidence secondaire à la campagne. De même, selon une estimation de M6, 200 000 fonctionnaires bénéficient d'un logement gratuit ou à loyer dérisoire et le parc immobilier de l'État lui rapporte 30 millions d'euros alors qu'il devrait en empocher près de cinquante fois plus, 1,4 milliard pour être précis. Sans parler de la Banque de France, qui appartient au peuple mais qui se permet de louer son parc immobilier 50 % en dessous du tarif parisien, principalement à des nantis comme Jean-Louis Debré, trop content de pouvoir conserver son appartement avec vue sur jardin et à « prix doux » alors qu'il dispose également de l'Hôtel de Lassay, à l'œil.

Mais en France, M. Debré peut ignorer les critiques occasionnelles qui sont sans grand danger pour sa carrière politique. Dans mon pays, il irait directement au poteau.

Qui est le plus moral en matière de logement, le Français ou l'Américain ? Moi, je dis : « Ça se discute. »

## XXVI

## *Interlude bancaire*

Il y a la fonction publique avec ses dérives et puis… il y a la Banque de France. Par rapport à cette dernière, les autres serviteurs de l'État font preuve d'une efficacité digne d'une multinationale japonaise. C'est à se demander si la Banque de France n'existe pas seulement comme une sorte de diversion pour faire dire du bien des *autres* fonctionnaires.

Mais avant d'aller plus loin dans la dérision, annonçons tout de suite la bonne nouvelle : la Banque de France entend payer des dividendes à son actionnaire, l'État, en 2008. « Ce résultat prouvera que toute la campagne dont la banque a été victime n'est pas fondée », souligne un cadre s'adressant à la presse parisienne. « Nous ne coûterons rien à l'État. Nous allons, au contraire, apporter de l'argent aux caisses publiques. »

La Banque de France ne rien coûter à l'État ? Voilà, au moins, l'illusion du siècle ! Les profits de l'auguste établissement ont, en réalité, une odeur pas très nette puisqu'il suffit de vendre un peu de ses réserves d'or pour clamer le mot « bénéfice », comme le fait à sa manière la SNCF lorsqu'elle transfère sa dette au Réseau ferré de France (RFF).

En France, on n'est jamais trop loin ni d'une pharmacie ni d'une succursale de la Banque de France. En tout, on en dénombre une centaine dans le pays, chiffre à comparer avec celui des cinq succursales de la Bank of England au Royaume-Uni. En même temps, c'est normal, la Banque centrale française a huit fois plus de frais de personnel que son homologue d'outre-Manche. Huit fois.

Bon, on se calme ! C'est aussi facile de ridiculiser cette vénérable institution que George Bush. Surtout que cet établissement exerce malgré tout certaines activités auxquelles il ferait certes mieux de renoncer mais qui existent, hélas. Par exemple, on y trie les billets et dans cette discipline ingrate, la Banque de France est même recordwoman d'Europe… de la lenteur, car il lui faut deux à trois fois plus de personnel pour réaliser la même tâche que celle effectuée dans d'autres pays de l'Union européenne. Même performance pour l'impression d'un billet de banque qui coûte trois fois plus cher en France que chez les Britanniques.

Le personnel n'aimant pas trop l'image de faste qui colle à son établissement cherche à prouver son utilité à la nation avec ce que la Cour des comptes qualifie de tâches inutiles justement.

Exemple : aider les surendettés à gérer leurs affaires (tout en laissant les banques privées consulter le fichier des interdits bancaires et des surendettés pour pouvoir les exclure). Difficile d'imaginer ce qui se passe dans la tête de l'un de ces misérables qui pénètre pour se faire aider dans la succursale de Sèvres-Babylone, un lieu de luxe, de calme et de volupté, de lambris dorés, de marbre de qualité et… de grande inactivité (un bureau sur trois est occupé lors de ma visite).

Toute dernière dépêche : en 2006, la Banque de France retenait en otage le dividende de 420 millions d'euros qu'elle devait verser à l'État. En interne, ses dirigeants dénonçaient le « hold-up » de l'État sur le trésor de guerre de leurs retraites.

« Hold-up », vous avez dit « hold-up » ?

## XXVII

## *Un fonctionnaire en grève, c'est un fonctionnaire actif*

L'Union soviétique n'existe plus, le mur de Berlin est tombé, le communisme ne perdure que dans quelques enclaves comme Cuba et la Corée du Nord. Mais le premier syndicat des fonctionnaires, la CGT, milite encore pour le Grand Soir marxiste, un peu comme ces soldats japonais dans les îles du Pacifique, retranchés dans des grottes et qui résistaient toujours à l'ennemi américain plusieurs mois après la signature de la paix.

À peine arrivé sur vos rives, j'avais encore une idée *old-fashioned* (vieux jeu) des grèves. Dans ma vision d'Américain, on arrêtait le travail parce que, par exemple, le patronat proposait 3 % d'augmentation plutôt que les 4 % demandés par le syndicat. Simple comme bonjour.

Bien vite, j'ai appris qu'en France, pays du « dernier cri », vos fonctionnaires avaient réinventé le débrayage tout comme, à leur époque, Coco Chanel et Yves Saint Laurent avaient relooké les Françaises. Ce fut toute une éducation pour moi, le ressortissant de Columbus, dans l'Ohio, une ville où chaque année on compte autant de grèves qu'on a de communistes — aucun — et où nos *civil servants* (fonctionnaires) perdraient d'office leur poste si une telle fantaisie leur venait à l'esprit.

Désormais, cesser le travail pour un petit 1 % d'augmentation supplémentaire me paraît un peu ringard et je préfère, de loin, ces grèves « modernes » à la française qui ont pour but, *primo*, de sauvegarder les intérêts de l'usager du service public en l'empêchant de se rendre à son travail et, *secundo*, de bloquer toute réforme dans le pays grâce à « l'ampleur de la mobilisation ». On peut y ajouter la possibilité de lancer enfin la dictature du prolétariat dans un pays composé à 70 % de classes moyennes.

Mais revenons aux arrêts de travail *stricto sensu*. La notion d'une grève des fonctionnaires est si politiquement correcte en France que les médias ne se donnent même plus la peine d'en expliquer les revendications. Les grévistes ont forcément raison, sinon pourquoi se seraient-ils donné la peine d'arrêter le travail et de défiler dans la rue, ces honnêtes gens ? Une logique toute républicaine.

Les postiers de Pau, par exemple, ont cessé le travail pendant plus d'un mois en 2004. Les citoyens de la ville, privés de courrier, ont néanmoins pu récupérer quelques lettres importantes (celles contenant des chèques notamment), mais uniquement en faisant la queue dans les centres de tri. Un service public sans livraison à domicile alors que même les pizzas les plus infectes du secteur privé arrivent jusqu'à votre porte, faut le faire !

Lorsque le JT de TF1 a diffusé un reportage sur le malheur des Palois, le reporter n'a même pas daigné mentionner les raisons de la grève, laissant au téléspectateur la vague impression que la direction de La Poste en était responsable. Elle avait dû maltraiter ses employés pour que ce service public se grippe. Pas tellement en fait. Les syndicats protestaient contre une mesure d'économie visant à supprimer 7 des 84 tournées effectuées dans la ville, une disposition liée à une baisse conséquente du nombre de lettres à traiter. Au final, la direction prévoyait une perte de 10,2 « emplois », sans aucun licenciement bien sûr, mais avec moins de postes à l'avenir pour les enfants et petits-enfants des postiers.

Faire un reportage sur une grève locale de si longue durée sans en expliquer un instant les causes me semblait être du journalisme ne rendant pas vraiment service au public justement, et j'ai donc poussé un coup de gueule sur RTL. Le lendemain, Jean-Pierre Pernaut est revenu sur la situation paloise en expliquant brièvement le contentieux. Brièvement…

Les journalistes français, intimidés par les mots « service » et « public », manquent autant de courage pour expliquer les motifs d'une grève d'agents publics que des poules devant un couteau. Ainsi, lorsque les conducteurs des RER B et D parisiens ont fait grève en 2005 à cause des nouveaux horaires parce que, selon eux, plus de trains et plus de passagers signifiait plus de travail, aucun reporter ne s'est donné la peine d'examiner leur *logique.* Il a fallu que le directeur du Transilien, Thierry Mignauw, descende dans les gares pour expliquer aux usagers que c'était faux : « Les conducteurs travaillent 6 heures par séance de travail, et pas plus de 182 jours par an. Un jour sur deux, ce n'est pas tout de même des conditions de travail épouvantables. Il y a pas mal de gens qui aimeraient avoir ces conditions de travail. »

Pour aider les usagers pendant les perturbations, la SNCF et les autres monopoles du transport s'efforcent de rendre public le nombre de grévistes, avec la précision d'un métronome. On apprend à 8 heures du matin d'un jour de grève que 27,7 % des cheminots arrêtent le travail. C'est peu ou beaucoup ? Faut-il ou non aller à la gare comme d'habitude dans un tel cas ? La RATP annonce une rame sur trois. Parfait mais combien de passagers y aura-t-il sur le quai ? Si c'est la quantité habituelle, on sera entassés comme dans le métro de Tokyo.

Autre spécificité française : la grève en deux temps. Avant la guerre, en France comme dans tous les autres pays moins avancés comme le mien, on arrêtait le travail et ça réussissait ou ça ratait. Mais, après, c'était terminé, fini. Aujourd'hui, on a l'impression que les fonctionnaires mettent plus de temps et d'énergie à négocier l'« après-grève », c'est-à-dire le paiement des jours non travaillés, qu'à achever la grève elle-même. Vous avez certainement déjà entendu dire qu'un tiers des voitures dans les rues de Paris ne vont nulle part : leurs conducteurs cherchent une place de stationnement. Eh bien, c'est exactement le même principe pour les grèves de fonctionnaires. « Il faut savoir terminer une grève », disait Maurice Thorez. En se faisant payer pour ses peines, aurait-il dû ajouter.

Pour faire enrager un agent de l'État, surtout un enseignant, il suffit de lui chanter les louanges de l'arrêt Omont qui stipule qu'entre le premier jour de grève et la reprise effective du travail, toute journée non travaillée peut faire l'objet d'une retenue. Si un enseignant est en grève un vendredi et reprend un lundi, le samedi et le dimanche devraient ne pas lui être payés. Mais cet arrêt a rarement été appliqué, sauf par Luc Ferry, ministre de l'Éducation, qui n'a pu mesurer le danger de cette application qu'une fois viré de son poste.

« Il est normal de se faire payer les jours de grève, m'explique mon ami Emmanuel, puisqu'on arrête le travail pour rectifier une injustice. On n'arrête pas le travail pour le plaisir.

— Même quand il s'agit de débrayer pour des revendications salariales ?

— Dans un tel cas, l'injustice originelle consiste à sous-payer des salariés », répond-il du tac au tac.

Avec Emmanuel, j'ai parfois l'impression de jouer dans une pièce d'Aristophane dans laquelle les dialogues n'ont pas varié depuis l'aube des temps. Mais je n'insiste pas. Après tout, mon ami est plutôt modéré par rapport à un Bernard Thibault, tout comme ce dernier semble raisonnable face à un Didier Le Reste. Et, d'un certain côté, il n'a pas tort : les entreprises américaines ont compris, il y a longtemps, qu'il fallait payer leurs employés juste assez pour qu'ils ne se syndiquent pas.

On nous explique à chaque « mobilisation » que la France n'a pas plus de grèves qu'ailleurs. Vrai, sauf qu'il existe deux France, celle du secteur privé qui travaille et celle de la « gréviculture », des fonctionnaires et des agents de l'État. Sur son site Web, la région Ouest-Atlantique tente d'attirer des investisseurs étrangers en leur promettant « seulement » treize jours de grève par an contre quarante ailleurs en France. De la concurrence déloyale, je trouve.

Les fonctionnaires ont refait la grève à leur image, mais pour que leur modèle marche, il faut déranger un maximum d'innocents en l'absence d'un patron classique. C'est ainsi qu'on juge la réussite d'un arrêt. Aussi, désolé de le dire, mais les très grosses mobilisations manquent d'efficacité : pour que 30 millions de Français soient vraiment ennuyés, il faut que 1 million de personnes manifestent entre la Bastille et la République. Un rapport de 30 à 1, c'est plutôt médiocre, non ?

À l'inverse, une grève comme le « traquenard » de février 2006 orchestré par une demi-douzaine de contrôleurs aériens à Orly à cause d'un problème dit « local » que personne n'a bien compris (une injustice aussi importante que l'apparition des œufs durs-mayonnaise sur le menu de la cantine pour autant que l'on sache) a très efficacement fait annuler 332 vols et piégé des dizaines de milliers de passagers. Un rapport de mille personnes dérangées pour chaque gréviste, ça c'est un excellent ratio. Une très belle performance saluée par la CGT qui a refusé de condamner la poignée de grévistes.

Ces mêmes syndicalistes ont appris à appliquer leur savoir-faire de grévistes pour dénicher de nouveaux arguments afin d'obtenir des revalorisations salariales. C'est là tout le génie français. Par exemple, prenons le « cumul des principes » — une découverte équivalente à celle du café instantané pour mes concitoyens des États-Unis. Illustrons cette technique par un cas tiré de l'actualité. Ayant fait accepter par la direction de la RATP un premier principe, celui de la pénibilité du travail de certains agents (travail qui commence tôt ou qui finit tard, ou travail le dimanche, ou encore travail où il faut rester éveillé — conducteur de rame, par exemple), les syndicats ont obtenu ensuite d'y ajouter un autre principe : l'égalité. Qui saurait contester l'importance de cette notion bien française ? Certainement pas la direction de ce service public qui avait pour consigne ferme d'éviter tout conflit social. Résultat : en vertu de ce « cumul des principes », tous les employés de la RATP, y compris ceux qui jouissent d'heures « non pénibles » comme les secrétaires, les comptables ou les informaticiens bénéficient des fameux 121 jours de repos par an accordés aux « roulants ». Une aberration notamment dénoncée par Nicolas Lecaussin, dans *Cet État qui tue la France.* Dans les annales du syndicalisme, il me semble que cette performance n'est égalée que par l'aveuglement revendicatif du syndicat des travailleurs de l'automobile à Detroit, la UAW, dont la mission a principalement consisté à *booster* l'incompétence historique des P-DG de General Motors qui seuls n'auraient pas réussi à pousser cette entreprise vers le dépôt de bilan. Grâce à leurs efforts conjugués, on ne produira plus de « belles américaines » dans notre pays.

Vos fonctionnaires ont le grand mérite d'avoir su adapter la grève à notre époque : « On ne revendique plus, on défend des droits acquis », comme le constate Laurent Greilsamer dans *Le Monde.* On ne manifeste plus pour soi, mais pour les autres, en toute noblesse. Vos grévistes sont de grands humanistes.

Il me semble néanmoins que les serviteurs de l'État cessent également le travail pour une raison qu'on occulte le plus souvent : la jalousie sociale. Derrière chaque débrayage de la fonction publique se cache une amertume relative aux avantages du secteur privé. La garantie de l'emploi, c'est rassurant, mais se faire virer de temps en temps par un « salaud de patron », avec des indemnités conséquentes, de généreux dommages et intérêts accordés par les prud'hommes, en apparaissant aux yeux de tous comme une énième victime de l'infâme libéralisme, c'est assez chouette aussi. Sans compter qu'ensuite, on peut se reposer deux ans tranquille grâce à la bienveillance de l'Assedic.

Mais qu'est-ce qu'ils attendent au juste les syndicats de la fonction publique pour militer en faveur du droit de licenciement pour eux aussi ?

## XXVIII

## *La France,*
## *terre du dernier mammouth vivant*

Tout le monde est d'accord, mais vraiment tout le monde, experts, parents d'élèves, public, élus : cette administration est bien trop immense pour être efficace. Un véritable mammouth où l'argent des contribuables est régulièrement gaspillé, où la moindre innovation est découragée par des profs nostalgiques du marxisme de papa, où des hordes de personnel non enseignant dans les rectorats sont rémunérées pour attendre l'âge de la retraite, où les enfants en difficulté sont laissés en rade, où seule une petite élite est bien servie tandis qu'une écrasante majorité est directement envoyée dans des facs poubelles, comme ces poilus chair à canon en 14-18. Rien que par sa taille XXXL, cette administration est incapable de s'adapter aux Temps modernes.

Je vous parle là, bien évidemment, du système éducatif de la ville de New York, le plus important des États-Unis, avec son million de scolarisés.

L'Éducation nationale, en France, est douze fois plus grosse.

Mais commençons par le début. Lors de ma première visite en France, j'ai cru à une mode : les minets et minettes de Saint-Germain-des-Prés avaient tous le dos un peu courbé. Quel chic nihiliste, je me suis dit. Des années plus tard, lorsque mon propre fils commença à fréquenter l'Éducation nationale, je compris la vérité : les jeunes de l'Hexagone sont marqués physiquement aussi bien qu'intellectuellement par leur scolarité. Obligé de porter une sacoche aussi lourde que le barda d'un soldat de la Grande Armée, le fiston adoptait la silhouette rabougrie du père Goriot.

En tant que ressortissant des États-Unis, où certes le système éducatif manque parfois de rigueur, je suis frappé par la pénibilité du régime scolaire en France. Même la langue française se prête à cette lecture : un parent ici dit fièrement que son enfant « travaille » bien à l'école, comme s'il était déjà OS chez Renault ou employé de bureau.

Que la journée est longue quand on va à l'école dans ce pays, et comme elle est interminable une fois au lycée ! En hiver, les collégiens n'aperçoivent la lumière du jour qu'à travers les vitres de leur établissement. Peu de loisirs, encore moins d'activités sportives, le seul moment de décontraction étant le plus souvent la clope grillée à la sortie. Et, pour ceux qui doivent supporter l'ambition de leurs géniteurs, reste encore le calvaire après les cours des profs particuliers, payés pour leur faire digérer une deuxième fois le même repas. Que ces jeunes réussissent ou non leurs études, l'école fait aussi d'eux de grands usagers à vie de Lexomil.

Cela étant, on me rappelle toujours l'importance égalitaire de l'école de Jules Ferry. Je veux bien, mais pour jouir de l'effet ascenseur social, il vaut mieux avoir un parent prof ou au minimum un oncle fonctionnaire au ministère de l'Éducation nationale, histoire de se faire accorder une petite dérogation en temps utile pour aller dans un lycée prestigieux.

Ces mêmes professeurs, soucieux du « social » en France, n'hésitent pourtant pas à appliquer un enseignement à la Germinal. Mon fils avait un prof de mathématiques qui disait régulièrement à ceux des élèves qui osaient poser une question : « Si vous ne comprenez pas, je ne peux pas vous expliquer ! » Avec de telles méthodes, pas étonnant que les meilleurs résultats soient réalisés par les enseignants du secteur privé, notamment Acadomia et Profadom (2 millions d'élèves en soutien scolaire, notamment ceux dont les parents ont les moyens).

La question se pose même de savoir si les enseignants servent véritablement à quelque chose. Tout le monde connaît maintenant l'histoire de l'ancien élève qui a gagné son procès contre l'Éducation nationale parce que son prof de philo était trop occupé par le syndicalisme pour assurer ses cours. Pour « défendre » un tel comportement, le rectorat a fait des recherches : 9,09 de moyenne au bac pour les élèves du prof absent et

9,54 pour une autre classe, avec un prof présent. En d'autres termes, la présence d'un prof diplômé, attitré, homologué et salarié de l'Éducation nationale ne faisait que 0,45 point de différence !

Pour certains, l'école est surtout un lieu de loisir presque égal à un Club Med. Je parle des enseignants, qui ne travaillent qu'une douzaine d'heures par semaine en moyenne (et ne me parlez pas du travail à la maison, qui est universel !). Un enseignant français, en général un intello manqué, considère sa tâche comme des plus nobles : faire partager ses connaissances. En revanche s'occuper des gamins ? Pas beaucoup. « Ce n'est pas aux profs de jouer le rôle de surveillants », dit Marylène Werner, mère d'un élève au collège Travail à Bagnolet (Seine-Saint-Denis). Et pourquoi pas ? Comment fait-on dans les autres pays, y compris le mien ?

Plus cynique que des directeurs de lycées élitistes, cela n'existe pas. Ils n'ont qu'un souci : *booster* le taux de réussite au bac de leur établissement pour figurer dans les palmarès publiés chaque année par les hebdos. Dans ce dessein, est-ce qu'on met les bouchées doubles pour améliorer le niveau des candidats en difficulté ? Pensez-vous ! On les met carrément à la porte avant la terminale. Une sorte de nettoyage scolaire destiné à sauvegarder la réputation des directeurs. Et leur carrière, bien entendu. Quand c'est un patron qui vire des gens comme des Kleenex, les étudiants défilent, les syndicats font grève, et les gouvernements tombent. Pourtant, c'est à l'école qu'on installe la précarité. Aidez-moi à comprendre...

Quant au bac ! Il aurait suffi à René Descartes d'être frappé par une forte indigestion en ce jour fatidique pour que lui aussi loupe l'épreuve de philo. Tu parles d'inefficacité ! Plus de 4 000 lycées sont réquisitionnés, ainsi que 140 000 correcteurs, tandis que 1 million de collégiens sont flanqués à la porte de leur établissement, tout cela pour quoi faire ? Pour tenir un examen qui élimine... 5 % des élèves (après le repêchage et les redoublements). 5 % d'échec ! Pourtant, l'idée d'un contrôle continu, pas plus « sélectif » mais moins coûteux pour l'institution, est toujours écartée parce qu'on tremble à l'idée des manifs. Personnellement, j'aimerais mieux avoir à risquer une nouvelle fois ma peau sur la ligne de démarcation à Beyrouth ou à Sarajevo que d'avoir à revivre mon rôle du parent-de-lycéen-qui-passe-son-bac.

L'hebdomadaire *Marianne* fait sa « une » sur la question brûlante de savoir ce que l'on peut encore faire en France avec seulement le bac. Au même moment, un magazine new-yorkais se demande où l'on peut dîner dans cette ville avec seulement 10 dollars en poche. Réponse identique à ces deux questions : McDo.

Pas étonnant qu'arrivés à l'âge de 18 ans, certains jeunes Français aient l'air aussi joyeux qu'un survivant de Diên Biên Phu — sans parler de leurs parents. Mais tout cela semble bien calculé pour adapter l'élève à la vie, la vraie : une fois le bac acquis, vient le temps des prépas galères et des facs poubelles bondées. Après cela, la vie professionnelle sera presque un soulagement !

Il faut un doctorat d'État pour piger la jungle des diplômes en fac. Le Deug Administration économique et sociale est ouvert aux bacheliers ES, L et parfois les STT, mais il comporte un taux d'échec important. Le Deug Arts est lui ouvert aux bacs L en priorité, mais ce cursus reste surtout théorique et sans débouché sauf si votre papa est DRH dans une multinationale de la mode. Ce Deug, signalons-le, facilite aussi l'obtention d'une invit au bal des Quat'zarts. Sinon, le Deug Économie et gestion (à ne pas confondre avec « Administration économique et sociale » ci-dessus) promet de « concurrencer les diplômés des écoles de commerce »… si on croit encore à la petite souris ! Et puis, n'oublions pas cette TGP (très grande poubelle) qu'est le Deug Lettres et langues dont les rares rescapés se destinent à une carrière de militant au sein des syndicats enseignants…

Lors des manifs anti-CPE, *Paris-Match* dénonça les anars qui avaient saccagé la « prestigieuse » EHESS et France 2 évoqua la « prestigieuse » Sorbonne occupée par des manifestants. Prestigieuse l'EHESS pourquoi pas, mais la Sorbonne ? OK, seulement si l'on parle du bâtiment historique et à l'exception des exécrables fresques de Puvis de Chavannes dont les étudiants-occupants ont, hélas, manqué une occasion de gommer les traces à jamais. Car le nom « Sorbonne » n'attire plus grand monde, à part quelques jeunes Japonaises friandes de la vie parisienne et qui suivent les cours (payants) de civilisation française afin de justifier un permis de séjour. Ou encore ces 15 % d'« étudiants » français bidons qui y sont inscrits pour avoir droit à la Sécu. Quant à l'enseignement propre de Paris-IV, qui a lieu dans ses murs hors des occupations ou bouclage par les CRS, l'université de Shanghai ne le classe même pas dans les 500 premiers mondiaux. Pour un étudiant à la Sorbonne, la meilleure occasion pour voir un de ses profs, c'est à la télé lors d'un débat.

En tant que diplômé fier et nostalgique de la Sorbonne, j'ai bien sûr déploré le classement cruel des Chinois, sans partager les critiques (prévisibles) des fonctionnaires de l'Éducation nationale cherchant à discréditer d'emblée un classement conçu par des sales communistes asiatiques. Même le président de la Sorbonne, Jean-Robert Pitte, un homme intelligent et pragmatique en temps normal, critiqua la place des enseignements de « sciences exactes » dans le calcul des Chinois. Pourtant, l'université de Harvard, classée première mondiale par Shanghai, est tout aussi tournée vers les lettres que la Sorbonne.

Il n'est pas juste, comme le prétendent les pessimistes, de considérer que l'Éducation nationale n'est pas réformable. Mais pour le faire, il faut les talents politiques et diplomatiques d'un grand homme, en l'occurrence d'un Jack Lang. Arrivé au ministère en 2000, alors que tous les fonctionnaires étaient encore sous le choc Allègre, Lang a soigneusement préparé le terrain du changement. Il a commencé par convoquer les journalistes à « une conférence de presse perpétuelle », comme souligne avec malice *Le Point*. Puis il a recruté de nouveaux enseignants, ce qui a fait très plaisir aux parents et… aux syndicats des enseignants. Lang a poursuivi en produisant un nombre incalculable de rapports et de circulaires. Et, enfin, lorsque tout était prêt, il a lancé sa grande réforme : une semaine supplémentaire de vacances à la Toussaint !

Pour finir, je dois reconnaître qu'une chose me fascine depuis toutes ces années dans l'organisation scolaire. Cela concerne encore le bac, et plus particulièrement son inviolabilité. Cet examen est un tour de force administratif : des milliers de questions sont sous scellés, gardées comme des lingots d'or et, jamais, une d'entre elles n'échappe à ses geôliers pour tomber entre les mains d'un futur bachelier. Il n'y a pas un oncle en France à avoir une pensée pour sa petite-nièce qui est terriblement angoissée par cette épreuve. Pas un. Vraiment ? Dans le pays aux 100 000 passe-droits, c'est hallucinant.

Un jour, j'ai tenté d'aborder ce thème avec Emmanuel :

« Tu penses vraiment qu'on ne souffle jamais de sujets à certains privilégiés ? Dans un pays où un fonctionnaire de l'Éducation nationale peut intervenir pour t'obtenir une dérogation et où tout le monde cherche une combine pour faire sauter ses PV…

— Si tu as des preuves, il faut les montrer ! s'est-il immédiatement rebiffé. Moi, je n'ai aucune raison de croire que les fonctionnaires qui s'occupent de cette épreuve sont malhonnêtes.

— Mais, moi non plus, Emmanuel », lui ai-je répondu.

## XXIX

## *Des effets pervers bons pour le moral*

Comme les passagers d'un grand paquebot qui font confiance à l'équipage, les Français mettent leur destin entre les mains des serviteurs de l'État, formés pour guider le pays et pour prévoir les aléas d'un avenir souvent incertain. Ainsi, ce vaisseau qu'est l'État, votre *ship of state*, arrive à bon port après un périple pendant lequel il peut *fluctuat*, certes, mais *mergitur* jamais. Sauf quand on apprend que le vaisseau s'appelle le *Titanic* et le skipper, Jerry Lewis.

Le *vrai* problème, à mon avis, c'est que vos dirigeants qui ont si talentueusement géré les conflits coloniaux, notamment en Indochine, à Suez et en Algérie, disposent maintenant de temps libre. Et ils appliquent leurs compétences dans le management du pays, hélas. Nos leaders américains ne sont pas meilleurs en termes de talent. Sans la guerre en Irak pour le préoccuper, qui sait quels ravages aurait réalisés George Bush sur l'économie américaine ? La seule évocation de cette idée peut faire trembler.

Une différence essentielle existe cependant entre le système de gouvernance français et celui des Yankees. Nous, les Américains, sommes des libéraux non-interventionnistes pour la simple raison que nos élus n'ont qu'une mission pendant leur mandat : garantir leur réélection en récoltant une fortune grâce aux contributions des lobbies. Comme ils n'ont pas le temps de diriger le pays, et en l'absence d'une caste de fonctionnaires (qui sont tous de catégorie C chez nous), ils laissent faire le marché. En bref, nos élus gouvernent à la manière dont Gérard Depardieu joue un rôle : avec dédain ou presque pas du tout.

Vos femmes et hommes politiques, en revanche, savent déléguer pendant leur passage au pouvoir, afin de déjeuner tranquillement. Les RTT ne s'appliquent pas qu'aux travailleurs. Aux ministres, on fournit un cabinet bourré de hauts fonctionnaires, tous apprentis alchimistes bouillonnant d'idées pour « sauver » le pays. Ces administrateurs, ayant la sécurité de l'emploi, ont largement le temps pour cette « mission ». On appelle cela le dirigisme à la française.

Seul désavantage de ce système : il suppose que l'on sache un peu ce qu'on fait. Or, vos interventionnistes sont souvent comme Kennedy fils (aka John-John) aux contrôles de son Cessna : ils ne savent pas où ils vont. À mes débuts dans l'Hexagone, quand ma connaissance de la langue française était bien plus limitée que maintenant, je tombais souvent sur l'expression « effet pervers » dans la presse nationale. J'avais pris ça comme une référence à des pratiques scabreuses, comme les supposées « soirées particulières » de Claude Pompidou. Plus tard, j'ai compris que c'était bien pire… Effet pervers ? Cela peut énormément varier : depuis une minuscule augmentation d'une allocation qui poussera 50 000 smicards de plus à vivre des aides plutôt que du boulot, jusqu'à, pour ces fonctionnaires qui voient en grand, une dissolution du Parlement ouvrant d'abord la voie à une opposition instaurant les 35 heures puis, au final, à un Jean-Marie Le Pen au second tour.

De telles mauvaises surprises liées à de petites ou grandes décisions ponctuent toute l'histoire de France. Quand les communards de 1871 décidèrent que les boulangers ne seraient plus appelés à faire du pain la nuit — une mesure de « progrès social » —, ils condamnèrent le reste de la société à se contenter du pain rassis chaque matin. Après quelque temps, les boulangers se remirent finalement aux heures normales. Un demi-siècle plus tard, la fonction publique opta pour la construction d'une ligne Maginot si sécurisante qu'elle a fini par endormir tout l'état-major de l'armée.

Une riche tradition qui se perpétue à notre époque. La loi Aubry créa d'un coup une pénurie d'infirmières et de médecins dans les hôpitaux, avec pour conséquence le recrutement de personnel médical à l'étranger. Le polonais et l'espagnol deviennent la langue de travail dans les cliniques.

Cas encore plus classique : la contribution Delalande de 1987, une taxe additionnelle pour les employeurs qui licencient les plus de 55 ans, fut votée par l'Assemblée nationale pour décourager les entreprises de se débarrasser de leurs vétérans, sur l'avis du ministère du Travail. Mais cette loi est contre-productive car elle empêche de fait l'embauche de salariés de plus de 55 ans. Plutôt pépère, l'effet pervers…

Une autre situation exemplaire ? Les chèques-vacances, gérés par l'Agence nationale pour les chèques-vacances (ANCV), au lieu de permettre à une nouvelle catégorie de salariés de partir en congés, sont contournés pour devenir un chèque-loisir pour les classes moyennes, selon un rapport de la Cour des comptes. Les « favorisés » viennent s'agglutiner sur une prestation normalement destinée aux « assistés » du pays, mais qui perd ainsi son aspect social.

Et les fameux PEL (Plan épargne logement), presque aussi populaires que le Livret A ? Ils ont peu à voir avec le logement puisque seulement 12 % des détenteurs ont recours à un prêt immobilier. Et la Prime pour l'emploi encaissée par un foyer sur quatre mais qui « en dépit de sa nomination n'a qu'un impact très réduit sur l'emploi », comme le résume la Cour des comptes, relevant par ailleurs un taux de fraude exceptionnellement élevé à cause du manque de contrôles effectués par des fonctionnaires, parce que ce n'est pas « une priorité ». En d'autres termes, le mécanisme conçu pour corriger l'effet pervers des aides sur l'emploi alimente ce même effet pervers. Grandiose !

Comme des sportifs de haut niveau, un pro de l'effet pervers donne presque l'impression d'une certaine facilité dans le geste, tel l'énarque Dominique de Villepin apprenant qu'il existait des SDF avec CDI. En bon poète ému, il proposa tout de suite qu'ils aient droit d'office à un mois dans un refuge, sans penser qu'on créerait ainsi deux vitesses de sans-abri, les « nantis » avec CDI et les autres. Les directeurs des refuges refusèrent cette idée du Premier ministre. Dommage pour ce bel effet pervers tué dans l'œuf !

Même un simple smicard sans bac comprend mieux qu'un polytechnicien qu'entre travailler 35 heures par semaine pour toucher 1 120 euros ou rester chez lui pour bénéficier sans peine d'aides d'un montant équivalent ou presque, il n'y a pas photo. On appelle cela la « trappe à l'inactivité », et elle provient d'une ignorance majeure des hauts fonctionnaires, ces individus coupés du monde réel depuis leur puberté : la majorité des gens ne travaillent ni par plaisir ni par ambition mais seulement pour pouvoir manger. Si c'est sans avoir à travailler, c'est encore mieux.

L'État providence est truffé de ces « accidents ». Le RMI était conçu comme un moyen d'insertion, mais pour ceux qui le perçoivent, c'est une subvention qui permet de rester dans la précarité. L'impôt sur la fortune touche les fermiers de l'île de Ré. La loi sur le harcèlement moral, floue et imprécise, ouvre les vannes à de nombreux employés qui ne souffrent nullement de harcèlement mais savent « monter un dossier » pour les tribunaux. La loi Kouchner, qui garantit des droits aux malades, fait exploser le prix des assurances des obstétriciens, qui menacent d'arrêter le travail. Et Dieu seul sait quelles complications nous attendent demain dans le domaine du téléchargement et des droits d'auteur...

Parfois, l'immensité de la tâche, celle qui consiste à sans cesse inventer de nouveaux effets pervers, est trop rude pour les seuls fonctionnaires. Dans ces moments de grande souffrance, ils peuvent compter sur l'ingéniosité des élus du peuple. Ainsi, la politique anti-voiture de Bertrand Delanoë, maire de Paris, crée des couloirs d'autobus aussi déserts qu'un chemin vicinal dans le Larzac alors que le reste de la chaussée est congestionné par un flot incessant de circulation. Y compris après 22 heures. Bonus de cet effet pervers à la nouvelle politique en matière de transports en commun : un supplément de pollution par rapport à l'ère Chirac-Tiberi grâce à tous ces moteurs qui tournent au ralenti. Et un bel applaudissement des Verts !

Dans certains cas, les effets non prévus nécessitent une bonne dose de créativité de la part des acteurs sociaux pour les débusquer. Considérez le CNE, une réforme vite bouclée et présentée à la législature pendant les grandes vacances. Malheureusement, les dirigeants du cabinet du Premier ministre, auteurs de cette loi, n'ont pas fait très attention à la rédaction. Avec le CNE, un patron peut certes licencier sans motivation, mais selon l'avis partagé du Conseil d'État et du Conseil constitutionnel, il doit fournir une justification si la séparation relève d'une faute du salarié. Une nuance qui engendre des scénarios ubuesques dans lesquels les syndicats essaient de prouver que le salarié était en faute au moment de son licenciement (de nombreux retards, par exemple), ce qui nécessitait une procédure classique, en bonne et due forme. Le monde à l'envers.

Plus personne ne conteste l'existence de ces effets pervers, comme les « trappes à inactivité » pointées par Martin Hirsch, président d'Emmaüs France. Mais des bienfaiteurs comme lui finissent toujours par pousser les administrations à rectifier la situation avec davantage de réglementations. Hirsch propose un nouveau soutien financier pour les démunis, le Revenu de solidarité active (RSA), tout en reconnaissant que celui-ci générerait un nouvel effet pervers. Il encouragerait notamment les patrons à utiliser plus de temps partiel puisque l'État assurerait un complément de revenu. Que faire ? Une nouvelle couche de contrôles administratifs peut-être ?

Tous ces effets pervers, et les autres, s'expliquent souvent par une discordance entre les hauts fonctionnaires qui agissent en bons étatistes jacobins et les simples acteurs de l'économie — les salariés, les commerçants — qui réagissent eux en libéraux pragmatiques, chacun cherchant son intérêt. Il en résulte un perfide match nul qui bloque l'économie nationale. En prime, le culte d'égalité rend difficiles les expériences à petite échelle qui permettraient de déceler des effets indésirables en amont. Les lois et réformes s'appliquent à tout le territoire, sans distinction (à part en Corse éventuellement), créant d'un coup 60 millions de cobayes involontaires. Bonne nouvelle ! Dernièrement, quelques fonctionnaires ont manifestement appris la leçon, après quelques décennies d'entêtement : les déclarations de revenus « préremplies » ont été testées tout d'abord en Ille-et-Vilaine avant de fleurir partout dans le pays en 2006.

Reconnaissons aussi que ces effets pervers ne sont pas que nuisibles. On en trouve même de fort bénéfiques. La loi dite de « cohésion sociale » de Jean-Louis Borloo, qui permet à un salarié précaire de rompre son CDD si c'est pour prendre un CDI, servit à Benjamin Castaldi pour quitter M6 afin d'obtenir un CDI à TF1 — à 45 000 euros par mois. Adieu la précarité pour ce pauvre travailleur du PAF !

À force de focaliser sur les « petits » effets pervers, le public français s'empêche d'en voir un bien plus grand, comme l'arbre cache la forêt. Le modèle social français se fait aux dépens des exclus et en faveur des protégés, ce qui explique sa durabilité. Dans son livre, *La France injuste*, Timothy B. Smith, un Canadien spécialiste de l'État providence, critique un taux de prélèvements obligatoires « ne faisant bénéficier de ses largesses que ceux qui en ont désormais le moins besoin, au détriment des jeunes, des chômeurs, des femmes et des jeunes issus de l'immigration ». Son enquête est passée inaperçue auprès de contribuables tout étourdis par la foire aux gaffes de leurs hauts fonctionnaires.

Prétendre « régler » une économie comme une horloge, par un corps d'élite, paraît tout simplement énorme à un Américain de l'Ohio, mais pas aux Français, qui râlent contre leurs dirigeants diplômés mais ne les limogent jamais. En vérité, ils ont appris à vivre avec ces effets indésirables, comme avec une allergie qui ne disparaît jamais.

Cela pourrait expliquer pourquoi à chaque scrutin, les électeurs se plaisent à alterner entre la gauche et la droite : les citoyens veulent donner à l'opposition une occasion de corriger les effets pervers des sortants. En créant les siens notamment.

# XXX

## *Combien ? Jamais assez nombreux !*

Je n'en reviens pas.

Ayant écrit à EDF concernant l'abonnement pour un appartement de location, je reçois trois jours après une lettre en bonne et due forme, grammaticalement parfaite (sans pour autant répondre à ma question) et qui me renvoie à « l'article 33 de l'ordonnance numéro 86-1243 du 1er décembre 1986, article L. 116-3 ». Elle est signée par une employée du service public : il ne s'agit pas d'un ordinateur.

Ensuite, je reçois la taxe d'habitation, et je constate qu'elle a augmenté de 65 % depuis un an ! Naturellement, je téléphone au centre des impôts, et une fonctionnaire, très patiente et courtoise, s'occupe de mon cas. Pendant presque quarante-cinq minutes, elle fait des recherches et m'explique qu'il s'agit d'une rectification de « lot » ou un truc semblable que je ne saisis pas. Je dois payer, me fait-elle comprendre en substance.

Pour un Américain vivant en France, ces deux échanges sont phénoménaux — je ne parle pas du charabia administratif mais du fait qu'on trouve le temps, et le personnel, pour répondre à chaque administré. Quand on téléphone à une administration aux États-Unis, on tombe toujours sur une boîte vocale : « Tapez votre numéro de compte… » Écrivez à une bureaucratie en France, et quatre fois sur cinq, on vous répond !

En tant qu'usager, on est content d'un service public qui répond, mais sans oublier que c'est payant. Cette abondance de personnel, par rapport à d'autres pays, semble contradictoire avec ces cris incessants réclamant plus d'effectifs dans le public La France a-t-elle besoin de plus d'agents du public ? Autant qu'on a besoin d'un nouveau livre sur Mitterrand par Jacques Attali.

On comprend vite en France que le souci premier de la fonction publique est d'assurer sa pérennité, ce qui explique pourquoi il serait plus facile de ravaler la tour Maine-Montparnasse avec une brosse à dents que de réduire durablement les effectifs.

Presque chaque loi, décret, ordonnance et réglementation sert également à donner une raison d'être aux fonctionnaires. La démarche, par exemple, pour recevoir l'Allocation personnalisée d'autonomie (APA) est complexe, car elle assure le plein-emploi des fonctionnaires des services sociaux, avec des évaluations d'équipe médico-sociale, l'application de la grille Aggir, l'établissement d'un plan-aide, etc. Pour faire tout cela, il faut des ronds-de-cuir.

La création d'emplois dans le public est un rare cas politiquement consensuel en France, sans véritable rivalité entre gauche et droite même si la gauche remporte tout de même la médaille d'or haut la main. Pendant deux décennies, jusqu'en 2002, elle a su créer 213 000 nouveaux emplois payés par les contribuables, contre un piètre 84 000 pour la droite. Coût de ces nouveaux jobs ? Environ 2 500 euros par habitant.

Si le reste de l'économie nationale est passé voilà des décennies à l'ère industrielle puis post-industrielle, la planète fonctionnaire est toujours restée à l'époque préindustrielle. Pour traiter un dossier, pour accorder une aide, on fait toujours, autant que possible, comme la bureaucratie de papa, à la main. Du coup, les statistiques ne surprennent pas. Depuis 1990, on a réduit la quantité d'employés de l'État en Italie ( – 8 %), en Allemagne ( – 15 %) et en Suède ( – 50 %) alors que la France a *augmenté* ses effectifs publics de 8 %. Les agents du public comptent pour 25 % du marché du travail dans l'Hexagone contre une moyenne de 15 % en Europe. Dans les rapports estampillés « secret d'État », on estime à 500 000 le sureffectif du secteur public. Votre fonction publique s'est emballée comme une Velsatis folle. Et les hauts fonctionnaires y veillent.

La réforme mal-aimée de Dominique de Villepin, le Contrat première embauche (CPE), par exemple, proposait d'aider des milliers de moins de 26 ans à entrer sur le marché du travail. Mais sans le dire, le Premier ministre garantissait également à des milliers de (nouveaux) fonctionnaires le plein-emploi, à travers des mesures qui accompagnaient ce texte créateur de montagnes de dossiers.

Parmi ces aménagements, « nécessitant » des emplois publics additionnels, citons : le droit à la formation (traitement des dossiers pour 100 000 titulaires : 800 emplois) ; l'accès au crédit et au logement (traitement des dossiers : 1 000 emplois) ; une prime de 460 euros les cinquième et sixième mois (traitement des dossiers : 400 emplois) ; un « référent » pour chaque jeune pendant deux ans au sein du service public de l'emploi (sur la base d'un rendez-vous hebdomadaire : 2 000 emplois) ; un complément de rémunération assuré par l'État et s'ajoutant à l'allocation chômage en cas de rupture avant l'échéance (300 emplois)... Soit au bas mot 4 500 emplois de fonctionnaires en plus, sans compter les heures de travail supplémentaires facturées pour les évaluations semestrielles du dispositif effectuées par le Conseil d'orientation pour l'emploi, un organisme qui en général n'a rien à faire. Grâce aux manifestations d'étudiants, ce conseil restera oisif.

Pas étonnant que cette loi abandonnée ait réussi à créer un travail considérable pour les administratifs puisque son « père » est autant énarque que le Premier ministre. Il s'agit de Louis-Charles Viossat, directeur adjoint du cabinet de Villepin, un inspecteur général des Affaires sociales spécialiste des questions de Sécurité sociale. Un haut fonctionnaire comme lui mobilise instinctivement la fonction publique, comme un médecin prescrit des pilules et comme un avocat porte plainte. C'est dans la nature de la bête.

Chaque actualité permet aussi aux autorités de créer plus de contrôles, et plus de personnel. Ainsi, lorsqu'un chauffeur d'autobus, âgé de 70 ans, perd le contrôle de son autocar, blessant les cinquante-deux jeunes qu'il transportait dont sept grièvement et que l'on découvre par la suite qu'il avait été embauché sans véritable contrat de travail et sans visite médicale, cela entraîne un scandale. Et plus d'effectifs pour contrôler.

Autre lieu, autre secteur public : la santé mentale. Lorsque deux soignants sont tués par un fou dans un établissement psychiatrique de Pau en décembre 2004, « il faut évidemment augmenter les effectifs », déclare le docteur Éric Malapert, évoquant la sécurisation des hôpitaux. Les syndicats se sont immédiatement ralliés à cette plainte dans les heures suivant la tragédie.

La dépendance à la fonction publique est manifestement inscrite dans les gènes des politiques. Quand Dominique Strauss-Kahn explique que les jeunes ont besoin d'un « suivi » pour assurer la transition de l'école au travail, personne ne conteste cette vision. Par « suivi », il entend « des fonctionnaires », bien sûr. Le succès pour les politiques est d'ailleurs souvent mesuré en termes de création d'appareils administratifs. Jean-Louis

Borloo évoque un « miracle » dans le logement social parce qu'il a pu créer un nouvel organisme d'État, l'Agence nationale de rénovation urbaine (ANRU).

Plus de réglementations mène à plus de fonctionnaires. Le ministère de l'Intérieur ayant décidé de restreindre le droit pour les résidents étrangers de recevoir une visite, l'obligation d'une visite à domicile s'imposa car les nouvelles règles fixaient un minimum de 14 mètres carrés de surface habitable par personne pour recevoir un visiteur. Une disposition synonyme d'aubaine pour le personnel des mairies dont l'avenir est mieux assuré.

La discrimination a également engendré une nouvelle source d'embauches, avec la Halde (Haute Autorité de lutte contre les discriminations et pour l'égalité) qui s'implante dans vingt-trois régions. Au début, cette agence commença modestement avec 43 fonctionnaires piqués dans d'autres services, mais les prévisions laissent espérer des centaines, voire des milliers, de nouveaux postes dans les années à venir.

Enfin, on n'oublie pas les grands de ce monde lorsque l'on crée des emplois publics. Le Comité d'évaluation des stratégies ministérielles de réforme, orchestré par Francis Mer, ancien ministre, existe pour... évaluer les stratégies ministérielles de réforme. De même le Conseil d'analyse de la société a vu le jour pour offrir un bureau et une secrétaire à Luc Ferry, l'ancien ministre de l'Éducation nationale, afin qu'il ne soit pas stressé de devoir vivre désormais de ses seuls droits d'auteur. À ce poste, il perçoit 1 800 euros par mois. Comme sinécure, y a pire !

À l'inverse, l'outil le plus efficace pour esquiver les réductions de personnel, c'est de la poudre aux yeux. Le décompte des effectifs, par exemple, n'est qu'un immense labyrinthe de chiffres auquel la galerie des Glaces à Versailles n'a rien à envier. C'est ainsi que le ministère de la Culture se vante d'avoir réduit ses effectifs de 1 200 personnes en 2003, ce qui n'est pas faux, sauf si on compte les 1 233 agents transférés au Louvre auquel le même ministère verse 41 millions d'euros de plus sous forme de dotation. Mais la vraie performance, c'est de se vanter des réductions d'effectifs tout en les augmentant. Les gouvernements français y arrivent fort bien. *Le Figaro* publia un de ces articles, « Fonction publique, des baisses d'effectifs en trompe-l'œil », dont seule la presse parisienne a le secret et qui ont le pouvoir d'endormir un passager entre deux stations de métro. On y apprenait, sans surprise, que, selon la Cour des comptes, les réductions de postes ne se traduisent pas *mécaniquement* par moins de dépenses de l'État. S'ensuivaient deux paragraphes totalement indigestes où le journaliste évoquait les « personnels contractuels », les « titulaires » et le nombre « d'emplois budgétaires ». Et puis, pour finir, on *découvrait* que le recrutement de 20 000 assistants d'éducation « qui n'apparaissaient pas dans les autorisations d'emploi » compensait les 5 600 emplois de maîtres d'internat et de surveillants d'externat supprimés. Après cette lecture, une seule envie : se plonger dans n'importe quel roman *trash* comme les autres passagers de la rame.

Le plus souvent, l'efficacité est inversement proportionnelle au niveau de sureffectif. Comme me l'a confessé un producteur du service public, dans une salle de mixage de France 2, il faut deux techniciens pour réaliser le travail effectué par un seul dans l'audiovisuel privé. Et encore, les deux agents du public s'arrêtent pile aux heures syndicales, sans finir le boulot.

Dans un souci de maximiser les embauches, un arrêté d'Édouard Balladur, ministre de l'Économie en 1986, a interdit la polyvalence qui consistait à laisser des fonctionnaires-ouvriers exercer quelques petites tâches administratives. Tout est bon pour faire gonfler le mammouth public. Ainsi, chaque ligne de la RATP a son « responsable clients ». Le recensement, avec ses 18 000 agents, devient annuel. Le minuscule musée du Tennis à Roland-Garros et ses trente-quatre visiteurs par jour a nécessité la création de onze emplois. Peu importe la taille, tant que l'on crée la fonction ! Il y a un fonctionnaire de la marine pour trois marins français et tandis que la flotte marchande a perdu deux tiers de ses effectifs, le secrétariat en a gagné 25 %. Ou encore, la création d'un billet de un euro est souhaitée par la CGT de la Banque de France uniquement pour sauver des emplois, le syndicat rappelant le fléau de la diminution, « ces dix dernières années, de 60 % des effectifs (en imprimerie) en Auvergne ».

Comme les acolytes d'Elvis Presley, à qui six briquets étaient proposés à chaque fois qu'il mettait une cigarette à son bec, les ténors du public deviennent désespérés quand il s'agit de justifier leur effectif, voire de l'accroître. Une nouvelle surveillance, qui aurait fait plaisir à l'Okhrana, la police politique du tsar, est ainsi née. Trois cents pervenches parisiennes ont pour unique mission de répertorier les incivilités, tels les tags, les déjections canines et les jets de détritus. Des villes de province ont très rapidement imité cette initiative astucieuse en embauchant des « concierges de rue » comme dans le quartier Saint-Michel à Bordeaux où André Meyer (connu par tous comme « Dédé ») dresse méticuleusement sa petite liste : chaussée déformée, ordures sauvages non ramassées, chien qui aboie sur un balcon…

Le progrès de l'humanité inquiète beaucoup les fonctionnaires car cela peut menacer le boulot. En 2001, la France a déclaré la rage éradiquée mais, trois ans plus tard, un chien ramené du Maroc est porteur de la maladie. Une aubaine pour les Douanes, qui décident de se chercher un nouveau créneau dans l'importation clandestine de chiens. « Si les douaniers étaient plus nombreux à ouvrir les camions ou les coffres de voiture, on n'en serait pas là ! » déclare la députée Geneviève Perrin-Gaillard (PS), protectrice des effectifs, comme si la République était menacée.

L'Europe aussi trouble. Pour les douaniers français, l'ouverture des frontières dans l'espace Schengen posait une menace d'ordre quasi vital. Combien de temps faudrait-il aux élus pour s'apercevoir que la suppression des contrôles systématiques aux cinq frontières terrestres pourrait se traduire par une réduction du nombre de postes de douaniers ? Mobilisation et branle-bas de combat au quartier général de la Douane. En peu de temps, l'ordre fut donné et une stratégie établie : désormais, pour justifier leurs effectifs, les douaniers n'effectueraient plus aucun contrôle sans la présence de caméras de télévision. Grâce à cet ingénieux scénario, les gabelous se présenteraient au public comme la première et dernière ligne de défense contre la mondialisation et notamment contre l'invasion de produits bon marché ou, pire, contrefaits en provenance de pays « immoraux », c'est-à-dire de contrées où les ouvriers ne jouissent pas des 35 heures et où la Toussaint n'est pas fériée. Ces Sherlocks, nous apprend-on, assurent la collecte de 3,6 millions d'euros par an ! Une fortune, sauf si l'on sait que cette somme représente à peine 5 % des salaires, primes et charges sociales des 1 300 douaniers affectés à la zone aéroportuaire de Charles-de-Gaulle.

Évidemment, les efforts de cette corporation redoublent chaque année à l'approche de Noël, pour convaincre les contribuables que sans les douaniers leurs fêtes de fin d'année seraient en danger. « La douane ne joue pas avec la sécurité », pouvait-on lire dans un quotidien qui nous expliquait que, le 8 décembre 2006, les douaniers ont saisi 17 169 jouets dans un entrepôt de la banlieue parisienne. Des produits qui auraient pu tuer des bambins ou plus exactement auxquels manquait le label des normes de sécurité européennes. Ouf, ouf, ouf ! « Les douaniers redoublent de vigilance à la veille de Noël », nous rassurera bientôt le porte-parole du gouvernement Jean-François Copé, se prêtant bien volontiers au jeu.

À ce propos, on peut parler d'une vraie compétition pendant les années Raffarin entre les différents services de l'État, qui rivalisèrent pour démontrer leur caractère indispensable. Si les douaniers remportaient le maillot jaune, Nicole Guedj, patronne du secrétariat d'État aux Droits des victimes, ne fut pas loin derrière, distinguant dans la population française 60 millions de victimes qui s'ignoraient. Pour les appâter, elle fit miroiter la possibilité d'indemnisations publiques déplafonnées. Un temps déstabilisée par l'affaire de la fausse « victime » du RER, la dame contre-attaqua en étalant les différentes sources d'indemnisation mobilisables par son administration : le FGTI (Fonds de garantie des victimes du terrorisme et d'autres infractions pénales), les Civi (commissions d'indemnisation des victimes d'infractions) ou le décret Cova dans le cas de l'amiante. « Non, je ne suis pas inutile », titrait bientôt une chronique signée Mme Guedj dans *Le Monde*. Un texte surréaliste dans lequel elle n'hésitait pas à jouer sur toutes les peurs : « Êtes-vous certain que des victimes d'un accident de la route seront secourues et accompagnées de la même manière si l'accident intervient sur l'autoroute A6 ou sur une départementale isolée ? Savez-vous qu'aujourd'hui un même handicap n'est pas indemnisé de la même façon selon qu'il résulte d'un attentat ou d'un accident du travail ? » Heureusement, elle fut remerciée.

Grâce à tous ces efforts conjugués, la France est-elle enfin au point de saturation en matière d'agents publics ? Les villes, communes, cantons, départements, régions et l'État sont-ils enfin gavés et essoufflés ? Noooooon ! Un nouvel employeur a surgi : les intercommunalités. Et on y recrute à gogo comme dans les start-up de la *Silicon Valley* (68 % d'augmentation de personnel entre 2001 et 2003), mais avec des tâches parfois mal définies. Je parle ici de la très prometteuse « prestation à la population » qui concerne 40 % des nouveaux venus. Les fonctionnaires regardent le futur marché des vieux comme un *golden boy* de Wall Street lorgne avec appétit du côté des produits dérivés.

Grâce à la décentralisation, les élus découvrent la fierté d'avoir leur propre service public, un vrai petit empire. Les « agglos », c'est même l'avenir de la fonction publique, selon certains. Charles-Éric Lemaignen, président UMP de l'agglomération d'Orléans, exprime toute sa fierté d'avoir créé un service public qui ne soit pas la « propriété de l'État ». En trois ans, il a gonflé les effectifs de 900 %. Youkaïdi !

Mais, aux yeux de l'Américain que je suis, la plus belle, la plus grande performance dans le domaine de la création d'effectifs reste sans nul doute le médiateur de la République. Imaginez un peu : toute une nouvelle bureaucratie — en pleine croissance — qui n'a d'autre mission que d'aider les Français à parler avec leurs bureaucrates. Des fonctionnaires qui parlent avec des fonctionnaires, c'est trop fort ! Ridiculisés les douaniers et Mme Guedj !

Histoire d'ajouter mon modeste grain de sel à cette belle entreprise de multiplication des fonctionnaires, j'ai une idée : après le Fichier national des chiens, pourquoi ne pas lancer celui des perroquets ? On pourrait créer des emplois… à répétition.

## XXXI

### *Un petit coup de piston, svp !*

Il faut saluer l'incorruptibilité des bureaucrates français. On ne les soudoie pas, même si on parvient à les séduire de temps en temps.

En revanche, je dois confesser une certaine nostalgie pour des sociétés moins honnêtes mais, disons, plus… efficaces. Je pense notamment à celles du tiers-monde. Au Mexique, par exemple, un billet de 100 dollars yankees glissé entre les pattes d'un contrôleur après quelques leçons vous permet d'obtenir sur-le-champ un permis de conduire parfaitement en règle. Avec un résultat parfaitement identique à celui de la France : une hécatombe chaque week-end sur les routes.

Nous sommes tous d'accord (enfin, je crois) sur l'importance pour les fonctionnaires de rester dans le droit chemin et de ne pas rivaliser avec les élus car, comme le disait si justement Alfred Sirven devant la justice, « tout cet argent affaiblit les capacités morales ».

Cela dit, il m'est arrivé une fois de rencontrer un employé d'une grande banque d'État qui expliquait à ses intimes comment il se faisait renouveler sans frais sa salle de bains chez lui grâce à un entrepreneur à qui il accordait un contrat de rénovation des locaux de sa banque. Mais bon, comme on dit dans l'Ohio, dans chaque baril de pommes il y en a toujours une ou deux de pourries.

De même, je fus légèrement perturbé dans ma vision de la probité des fonctionnaires en entendant mon ami Cyril, assistant chez un éditeur parisien, me raconter comment il avait obtenu une place dans une crèche pour son fils de 15 mois. Un cadeau qui, aujourd'hui, vaut plus que des lettres patentes au XVII^e siècle.

« Je suis allé voir l'adjointe au maire, car c'est elle qui décide de l'attribution des places », m'a expliqué Cyril.

Déjà là, je saluai son savoir-faire : un Français sait d'emblée où réside le pouvoir, et comment ne pas perdre son temps ailleurs. En Amérique, on est nul dans ce domaine, car les crèches chez nous sont du domaine privé et l'on se présente devant la directrice tout bonnement armé d'un chéquier. En France, il faut un dossier et il faut savoir le « placer » (comme vous le savez déjà).

« Au début, cette dame était dubitative, poursuivit Cyril, car il ne restait presque plus de places et des douzaines de candidats étaient en lice. Elle m'a seulement dit qu'elle regarderait mon dossier avec tous les autres. Et puis, elle s'est aperçue que je bossais dans l'édition et elle a commencé à me poser des questions sur mon métier, si j'aimais ça, quelle formation j'avais suivie, etc. »

Bientôt, l'adjointe au maire lui a avoué que, heureuse coïncidence, sa fille venait de terminer un roman mais qu'elle ne savait pas trop comment s'y prendre pour être publiée, car c'était une jeune fille trop sensible et timide pour aller frapper aux (bonnes) portes. Sans hésitation, Cyril proposa de lire le manuscrit.

« C'est gentil de votre part, mais je ne voudrais pas vous importuner », a répondu l'élue.

Deux jours après, Cyril recevait le roman par la poste, et une semaine plus tard, toujours par la poste, un joli courrier lui annonçait que la mairie lui avait attribué une place dans l'une des crèches du quartier. Simple coïncidence… d'intérêts ? On ne peut quand même pas parler de corruption, le mot est trop fort, non ?

D'ailleurs, j'ai découvert au cours de ces années passées en France qu'il est utile d'avoir l'air de sympathiser avec tout fonctionnaire qui a la possibilité de vous faciliter la vie. Sans pour autant offrir des fleurs ou faire des compliments sur un joli chemisier.

Ma copine américaine Marilyn, qui fait des recherches pour son doctorat à l'université de Maryland, a eu un vrai coup de chance lorsqu'elle s'est présentée à la bibliothèque François-Mitterrand pour demander un accès aux œuvres historiques exceptionnelles de la collection nationale. La fonctionnaire responsable des inscriptions a soigneusement observé sa demande, sans être convaincue. Marilyn risquait de perdre du temps et, pire, de ne se voir accorder qu'un accès limité aux œuvres les plus récentes.

« Normalement, votre directeur d'études aurait dû nous adresser une lettre pour expliquer votre projet, et là je ne vois rien dans votre dossier qui pourrait me dire... » a commencé la bibliothécaire zélée.

Mais en discutant un peu plus avec elle, Marilyn s'est aperçue que cette dernière s'intéressait de près à sa spécialité, l'architecture du XIXe siècle. Une conversation, entre initiées, s'engagea bientôt jusqu'au moment où la fonctionnaire autodidacte révéla « en toute modestie » qu'elle avait même publié un article dans « une petite revue spécialisée ». Marilyn saisit la balle au vol.

« Vous parlez de *Beams* ? », lui demanda-t-elle, devinant le nom de la revue anglaise en question.

Bingo ! Marilyn s'est vu illico accorder un accès total à toute la collection de la BNF, sans problème et sans avoir à fournir d'autres documents.

Je trouve assez rafraîchissante l'idée que la sympathie puisse encore influencer les relations fonctionnaires-administrés, même si certains cyniques ne manqueront pas de relever que tous les administrés doivent jouir de droits égaux devant une administration, y compris ceux qui ne sont pas abonnés à *Beams*.

Au cours des années 60, je m'en souviens parfaitement, un grand nombre de bons républicains français furent choqués de découvrir que le prince Charles avait pu s'inscrire à l'université de Cambridge sans passer le concours. On a dit de lui qu'il était « pistonné » parce que sa maman était reine. Il y a vraiment des jaloux !

Surtout, le piston est beaucoup plus discret en France, n'est-ce pas ? Lors d'un dîner parisien, j'ai rencontré un prof de fac dont le fils avait été victime d'une agression. Il se trouvait dans la voiture d'un ami vers 2 heures du matin, lorsque tous les deux furent abordés par deux autres individus qui les menacèrent pour voler leur portefeuille, leur téléphone portable et la voiture. Des petites « racailles », comme dirait Sarkozy. Le prof, en bon père, accompagna son fils au poste de police pour déposer une plainte et pour s'entendre dire par le fonctionnaire : « On ne peut pas faire grand-chose dans ces cas. »

Deux jours plus tard, le véhicule fut retrouvé, abandonné dans une banlieue parisienne mais, entre-temps, le père de l'autre victime et propriétaire de la voiture avait pris contact avec une connaissance haut placée au ministère de l'Intérieur.

« Une équipe de policiers a débarqué chez moi pour nous interroger, très sérieusement. Il paraît que le ministère avait demandé une enquête *avec résultat* », m'a expliqué le prof. Les malfaiteurs ont été arrêtés car l'un d'entre eux avait utilisé l'un des portables volés pour téléphoner à sa sœur. Il fut appréhendé, ainsi que son complice.

En fait, je révise totalement mon jugement : la France est truffée de passe-droits, auxquels les fonctionnaires ne sont pas étrangers. Vous êtes même pires que les Mexicains. Les Gaulois mettent en place une fonction publique, comme les copropriétés prennent un syndic, pour servir d'arbitre et faire respecter la réglementation… par les autres. À titre personnel, ils sont prêts à mobiliser les amitiés, les relations, les connaissances, et même la classe politique pour tout contourner.

Tenez, avant de connaître la France, j'ignorais le sens du mot « dérogation ». Je l'ai découvert avec ma première épouse qui voulait absolument que notre fils, après l'école primaire, s'inscrive avec ses camarades au collège Henri-IV. Moi, je n'étais pas contre cette idée, mais la carte scolaire jouait en notre défaveur : habitant cent mètres trop à l'est, notre fiston était destiné au collège Pierre-Alviset.

Je fus « mobilisé » pour chercher (et trouver) une solution, sous prétexte que les journalistes connaissent du monde. Ne connaissant personne de haut placé, j'ai ramé pendant une bonne semaine pour dégoter cette fameuse dérogation. Sans aucune subtilité, j'ai commencé par aller frapper à la porte principale. Celle de la directrice du collège Henri-IV. Cette dame m'a reçu pendant trois secondes et aussi chaleureusement que si j'étais lépreux.

« Seul l'inspecteur d'académie est habilité à accorder une dérogation », m'a-t-elle affirmé.

Dans son regard, j'ai compris tout le sens de cette appellation que l'Éducation nationale réserve aux parents : « éléments extérieurs ».

Ensuite, j'errai dans les rues de la ville, comme une âme en peine. Chaque personne à qui je demandais une piste me donnait une réponse identique : « Tu ne connais personne qui travaille au ministère de l'Éducation nationale ? » Apprenant plus tard que quatre enfants sur dix avec un parent enseignant décrochent une dérogation pour se faire scolariser hors de leur zone de résidence, j'ai compris la justesse de ce conseil, répété à l'infini.

Il n'existe rien de plus désolant en France qu'un étranger sans piston — et par conséquent, sans résultat. Vous les Français, vous êtes tous des gens de réseaux et vous pouvez compter sur des cousins, un oncle, des collègues, une copine de terminale, des copains de régiment, un ami d'un ami… Mais moi ? Sur personne.

Dans ce dossier *(rires du lecteur)*, j'ai finalement agi en bon Américain de base, je me suis tourné vers le secteur privé en inscrivant le fiston à l'École alsacienne. Une décision qu'il ne cessera de me reprocher. Merci, ô incorruptibles fonctionnaires !

## XXXII

## *ANPE et Assedic : les deux mamelles de l'emploi*

L'emploi est au cœur du vénérable face-à-face idéologique franco-américain. À Washington, on se réjouit du taux de chômage élevé en France, et à Paris on prend son pied à recenser chaque pauvre outre-Atlantique. Une telle « amitié » explique pourquoi nos deux pays ne se sont jamais affrontés sur un champ de bataille. C'est inutile.

Dans ce savoureux rapport bilatéral, on décèle deux grands paradoxes : les Français sont de grands mangeurs, mais avec un taux d'obésité qui fait rêver les Américains, et, malgré l'absence de contrat de travail, les Américains sont beaucoup moins angoissés que les Français par la précarité.

Explication de cette dernière réalité : nous avons confié les questions d'emploi à notre secteur privé, y compris à nos patrons voyous, et vous les Français avez entièrement fait confiance à vos élus et fonctionnaires en pensant qu'ils étaient les mieux placés pour diriger le marché du travail. Nos employeurs sont d'accord pour embaucher si c'est pour faire des bénéfices. Les vôtres hésitent parce qu'ils doivent payer votre État providence.

Franchement, il faut un grand courage pour être entrepreneur en France lorsqu'on observe le champ de mines réglementaire établi par vos fonctionnaires. Une trentaine de possibilités de contrats de travail, une demi-douzaine de Smic (pendant quelques années), une agence étatique de l'emploi indigente... tout cela pour obtenir un taux de chômage qui tourne autour de 9 %, deux fois plus qu'aux États-Unis. Si la fonction publique expliquait aux plus célèbres restaurateurs de l'Hexagone comment mitonner leurs plats, resterait-il un seul trois-étoiles dans ce pays ?

Parfois, des amis anglo-saxons me demandent comment je peux supporter de vivre dans un pays totalement étatisé. Pour eux, la France c'est bien pour les vacances, pour goûter des fromages, boire des bons vins... mais y résider toute l'année ? Je leur réponds, à ces arrogants, que le dirigisme, ça marche à condition de savoir ce que l'on veut. Ainsi, les fonctionnaires de France, qu'ils soient des élus ou pas, ont tout de même réussi depuis un demi-siècle à faire du chômage le deuxième plus grand métier du pays, après la bureaucratie (les RMistes occupant la troisième place). On n'a jamais vu un tel succès depuis la promotion de l'ostréiculture ou l'éclosion des professions liées aux vacances à la neige. Quand l'État veut, il peut.

En plus, les fonctionnaires ont le soutien du peuple lorsqu'ils manifestent contre la précarité, un terme français désignant le manque cruel de sinécure dans le secteur privé. Un Américain se demande comment de tels rassemblements peuvent avoir une quelconque efficacité contre des phénomènes liés au marché. Vous avez déjà entendu parler d'un patron qui embauche, inspiré par la vue de 400 000 manifestants entre Bastille et République, vous ?

La fonction publique de votre pays n'est que logique, même s'il lui arrive, de temps en temps, de perdre un peu le nord. Pendant les Trente Glorieuses, vous avez fait venir des immigrés pour travailler. Aujourd'hui, vous ne leur offrez plus d'emplois, mais des aides. Outre-Atlantique, nous recevons plus d'immigrés que vous, mais uniquement pour bosser, sans aucune aide. Un immigré chômeur, c'est une spécificité 100 % *french.*

Depuis plusieurs décennies, les autorités en France s'attaquent au fléau du chômage avec la certitude que la solution est principalement administrative : des fonctionnaires, qui ignorent tout du chômage dans leur propre vie, vont pouvoir trouver des emplois pour ceux qui en cherchent. Dans le même esprit, on a persisté pendant longtemps à croire que les planètes et le Soleil tournaient autour de la Terre. L'ANPE attend toujours son homme providentiel.

La tactique principale de cette agence semble fondée sur l'idée qu'un sans-emploi, c'est un type qui n'a rien à faire toute la journée et qu'il faut l'occuper. Si l'ANPE, dont la léthargie n'est rivalisée que par celle de la Banque de France, occupait la place de la SNCF, le trajet Paris-Marseille en TGV prendrait une bonne semaine au prix d'un aller-retour Paris-Bombay.

Prenons l'exemple de Michel, un quadra que j'ai rencontré lors d'une séance de signatures à Angers. Après quelques années, il avait décidé de changer de métier, de faire autre chose que son métier de commerçant et il a cédé son affaire.

« En bon citoyen, je suis allé le lendemain m'inscrire à l'ANPE, m'explique-t-il. Après avoir fait la queue un quart d'heure, je me présente à l'accueil, précisant que je venais m'inscrire et chercher du travail.

« "Les inscriptions, ça n'est pas ici, il faut vous adresser à l'Assedic", m'a dit l'hôtesse.

« Un peu étonné, je lui ai précisé que j'étais commerçant et qu'à ce titre, je ne pouvais prétendre à des indemnités et que je ne voyais pas l'utilité de m'inscrire à l'Assedic.

« "Mais, monsieur, je ne peux pas vous inscrire à l'ANPE tant que vous n'êtes pas inscrit à l'Assedic !" »

« Pourquoi ? » lui a demandé Michel, qui est un peu contestataire. « La procédure est ainsi ! » lui a rétorqué la dame. Fin de la conversation.

Michel a donc pris rendez-vous à l'Assedic, ce qui l'a obligé à attendre une quinzaine de jours.

« De toute façon, il faut que je vous envoie un questionnaire et il faudra revenir avec pour l'entretien », lui avait d'ailleurs expliqué la fonctionnaire de l'Assedic au téléphone.

Après deux semaines, il s'est rendu à ce fameux rendez-vous, à l'autre bout de la ville, où on l'a effectivement informé qu'il n'avait pas droit aux indemnités. Ensuite, Michel a repris rendez-vous à l'ANPE pour son inscription définitive, mais cette fois, il lui a fallu patienter dix-sept jours pour obtenir une date. Le jour dit, pas de chance : en écoutant la radio pendant son petit déjeuner, il apprend qu'il y a une grève à l'ANPE. Volontaire, notre homme se rend malgré tout à son entretien, où il s'avère que trois agents d'orientation sur dix sont présents. L'attente est estimée à deux heures. Il se résigne à patienter, plutôt que de devoir repousser son inscription de deux semaines supplémentaires. Un panneau lumineux finit par lui indiquer qu'il doit se diriger vers le guichet n° 3 où, miracle, il est reçu par une employée de l'agence.

« Les grévistes défendent d'abord les demandeurs d'emploi, car ils estiment que les réformes qui se préparent ne sont pas de nature à les aider », attaque d'emblée celle-ci.

Après ce préambule militant, elle aborde la situation de Michel et ses projets. Mais celui-ci se rend compte que l'agent n'est absolument pas à l'écoute.

« Nous étions dans deux univers différents, et j'ai vite compris que je n'avais rien à attendre de cette institution », raconte aujourd'hui Michel, un peu frustré.

Il aura passé plus de un mois à attendre un entretien plutôt inutile. Avant de quitter son interlocutrice, Michel lui demandera pourquoi l'ANPE et l'Assedic ne se rapprochent pas dans un souci d'efficacité pour mieux aider les demandeurs d'emploi.

« Impossible ! lui a immédiatement répondu la dame. L'ANPE, c'est l'État, et l'Assedic dépend des syndicats et du patronat. Nous n'avons pas la même culture. Cela ne marcherait jamais ! »

Dans un Hexagone fonctionnarisé, on préfère croire que plus d'efficacité bureaucratique — plutôt qu'une libéralisation du marché, par exemple — permettra de résoudre les problèmes de l'emploi. Pourtant, quand l'Unedic et l'ANPE font appel à des prestataires privés, les résultats sont incontestables. Grâce à cette méthode, le taux de chômeurs « classiques » retrouvant un CDI est passé de 32 % à 41 %. La décision récente d'un mariage forcé, après des années de tractations et d'hésitations, entre l'ANPE et l'Assedic, fera-t-elle une différence ? On en doute, d'autant plus que l'accord à peine signé, les frictions ont commencé.

Le problème date principalement de la fin des années 70, quand on a rendu le chômage aussi indolore que possible, une stratégie amplifiée sous le mitterrandisme triomphant. Depuis, un chômeur est souvent aussi motivé pour trouver un nouveau job que Nagui pour sortir Marine Le Pen en version prérégime. Même Annie Thomas, la boss de l'Unedic, le constate : « En France, les salariés qui se retrouvent sans emploi se disent qu'ils ont des droits, ce qui est vrai puisqu'ils ont cotisé. Mais ils ont tendance à se dire aussi : j'épuise mes droits, je cherche un job ensuite. » Et contre ce choix « libéral » pris par des centaines de milliers de particuliers, les serviteurs de l'État ne peuvent ou ne veulent rien faire.

La réglementation a également un coût élevé. Au cours de ces quelques années passées en France, j'ai rencontré un certain nombre d'hommes d'affaires et de patrons de PME qui m'ont tous expliqué la même chose : ils restent « petits » car au-dessus de certains plafonds, il faut avoir un comité d'entreprise, payer davantage de charges et se soumettre à une bureaucratie plus écrasante encore. Le rêve d'un petit patron en Amérique, c'est de devenir un Rockefeller, mais en France c'est de rester petit patron de rien du tout, ce qui se traduit par des centaines de milliers d'emplois potentiels en moins.

Derrière la dyslexie française en matière d'emploi se dissimule une autre réalité : le salariat hors secteur public est perçu comme quelque chose de particulièrement honteux et dégradant, car dépendant d'un patron qui peut vous « jeter comme un Kleenex », selon une expression en vogue dans les médias, souvent utilisée par mon ami Emmanuel.

« Cela veut dire quoi au juste ? lui ai-je demandé un jour.

— Que le patron peut licencier, et que la vie d'un salarié en sera bouleversée.

— Il faut interdire le licenciement ?

— C'est une idée, mais il est préférable que le patronat assume ses responsabilités », m'a-t-il répondu.

Je vis dans l'Hexagone depuis suffisamment de temps pour savoir qu'un Français utilise l'expression « assumer ses responsabilités » lorsqu'il n'a plus envie de dialoguer avec un interlocuteur jugé trop nul ou lorsqu'il a perdu le fil de la conversation.

Pour encourager certains à emprunter afin de créer une entreprise, des phares de la pensée étatiste ont imaginé le prêt « rechargeable », basé sur la valeur immobilière plutôt que sur le revenu. Les syndicats de fonctionnaires ont immédiatement dénoncé cette idée qui, selon eux, pouvait pousser certains à s'endetter jusqu'à se ruiner. Un avis partagé par Emmanuel.

« Mais les emprunteurs peuvent assumer leurs responsabilités, non ? ai-je tenté auprès de mon ami.

— T'as rien compris ! » m'a-t-il répondu.

## XXXIII

## *Vive l'économie libérale... planifiée !*

Dans la grande mission historique que la République confie à ses serviteurs, ceux-ci ont merveilleusement bien réussi : empêcher un maximum de Français de s'enrichir.

« La première chose qui vous arrive quand vous gagnez de l'argent, c'est un contrôle fiscal. Cette suspicion est symbolique », déclare avec un brin d'amertume Marc Simoncini, le fondateur de Meetic.com, très rentable site de rencontres pour particuliers sur Internet.

On devine qu'à la suite de la vérification de sa situation fiscale, sa contribution à la solidarité nationale a été révisée à la hausse.

Il est vrai que l'État français, à travers sa fonction publique, a créé un pays où il fait relativement bon être défavorisé, malade, fainéant et chômeur. En revanche, avoir un succès commercial ? Là, c'est moins réjouissant. Normal : des fonctionnaires qui bannissent le mérite dans leurs rangs sont peu enclins à le laisser récompenser dans le secteur privé.

Toute la méfiance ecclésiastique des papes à Rome et l'aversion laïque des rois de France pour l'argent, en dehors de leurs propres coffres, s'abattent sur les pauvres diables qui osent accumuler fortement de leur vivant.

Pourtant, les Français ont décidé depuis longtemps de faire confiance à leurs hauts fonctionnaires pour gérer l'économie et pour la rendre plus égalitaire. Pendant les Trente Glorieuses, les performances hexagonales confirmaient la sagesse de ce choix, même si le pays passait presque autant de temps à redistribuer la richesse nationale qu'à en créer.

Mais quid de la situation depuis les années 70 ? Selon le classement du World Economic Forum de Davos, les fonctionnaires pourraient faire mieux, beaucoup mieux : la France décroche la trentième place pour son économie, la quarante-quatrième pour la facilité de créer une entreprise et la quinzième pour son degré d'ouverture à l'économie mondiale. Même en relativisant un peu les présupposés libéraux de ce genre de questionnaire, la position de l'Hexagone n'est pas particulièrement glorieuse.

Comme le constate l'économiste Élie Cohen, la France a rattrapé pendant un certain temps les États-Unis en termes de richesse par habitant, mais à partir de 1995, l'écart s'est de nouveau creusé, plaçant la France à 72 % des Yankees. Certains spécialistes, tel Olivier Blanchard du MIT, n'y voient pas de problème pour un système économique comme celui de la France, un pays qui a tout simplement choisi une autre voie : plus de loisir, moins de travail et plus de fonctionnaires. « Et donc un moindre enrichissement que celui des Américains », ajoute Cohen.

La fonction publique, avec l'appui des syndicats, semble se poser ambitieusement en dernier rempart contre la tyrannie du capitalisme, avec pour résultat que l'on délocalise autant que possible. Une seule statistique : la France n'héberge plus que 37 % des 4 millions d'employés des entreprises du CAC 40. Bel exemple de patriotisme économique ! L'unique secteur qui ne connaît pas de délocalisations, c'est la fonction publique qui garde 100 % de ses effectifs sur le sol national, si l'on exclut les quelques diplomates incontestablement diplômés et pistonnés des légations sous les palmiers.

Un des meilleurs indices sur le dynamisme d'une économie nationale reste la création d'entreprises, et là les fonctionnaires ne méritent qu'un 5/20. À Bercy, ils sont intervenus ces dernières années en augmentant les subventions (mais pas en diminuant la paperasse), ce qui a engendré une augmentation de 35 % de création de nouvelles entreprises, à 225 000 par an. C'est bien... sur la base des seuls critères franco-français. Les Italiens et les Espagnols font bien mieux, et les Anglais, deux fois plus.

Pourquoi faut-il générer des entreprises ? Afin de créer des emplois — et de la richesse pour soutenir un État de plus en plus endetté. La richesse américaine, par exemple, vient de ses sociétés (et de ses employés), et non du pétrole (presque épuisé dans le Texas) ou de l'or (plus de ruée en Californie depuis 1849). Or, trois quarts des cent plus grandes sociétés américaines ont vu le jour après 1980. En France, le CAC 40, lui, ne change pas plus que la classe politique.

Afin de promouvoir la création d'entreprises dans le pays, les dirigeants ont créé une administration qui s'appelle, logiquement, l'Agence pour la création d'entreprises, avec des milliers de fonctionnaires dont la seule fonction consiste à informer les aspirants sur les « étapes » à franchir pour devenir chef d'entreprise. Mais pas question de les réduire, ces étapes, hein !

« La création de la société donne lieu à des formalités complémentaires… » informe de manière succincte cette agence, mais en cherchant plus loin, on découvre une véritable forêt de complexités pour le seul statut juridique. Avant même d'affronter le marché, avec tous ses dangers, la plupart des entrepreneurs en puissance s'enfoncent dans les sables mouvants de l'administration fiscale, de l'Urssaf et autres. Ironie de l'histoire : l'État providence a besoin du secteur privé pour son financement, mais le financement de l'État providence décourage le commerce et l'esprit d'entreprise. Les entreprises du CAC 40 peuvent se rassurer, leur place n'est pas menacée.

D'ailleurs, si Bill Gates s'était appelé Guillaume

Desportes et avait vu le jour à Angers au lieu de Seattle, aurait-il pu créer Microsoft avec ses partenaires ? Difficilement, à mon avis, car le modèle fonctionnarisé français fait en sorte que les très riches soient pratiquement tous des héritiers. Les nouveaux riches ne sont pas les bienvenus, même s'ils arrivent à créer 65 000 emplois dans le monde, comme ce fut le cas pour Microsoft.

Étant donné les obstacles qu'il a rencontrés en France, l'exploit de Malamine Koné, d'origine malienne, mérite notre attention. Il a fondé Airness, une petite rivale de Nike, d'Adidas et de Puma atteignant 130 millions d'euros de vente en 2005. Soit, c'est encore peu comparé aux 12 milliards de Nike, mais quand on a pu sortir des banlieues de Paris et affronter la bureaucratie qui détruit 90 % des start-up, c'est le signe qu'on est un champion. Koné, 34 ans, garde le contact avec d'autres jeunes de banlieue qui rêvent eux aussi de monter leur entreprise. Et ce qui les inquiète, ce sont d'abord les réglementations. « Contrairement à ce qu'on peut penser, on ne me demande pas tellement de financer untel ou untel, mais de donner des conseils sur tous les problèmes administratifs qui attendent celui qui veut faire quelque chose dans ce pays. »

Dans presque tous les autres pays, on a compris que les *civils servants* (fonctionnaires) sont bons pour s'occuper de la paperasse d'État, mais pas forcément doués pour diriger le secteur privé. « Le colbertisme n'est plus adapté au monde moderne », dit Claude Allègre, qui fustige les contrats publics « définis par des technocrates incompétents ». Selon lui, il faudrait plutôt des projets financés par les industriels eux-mêmes comme « gage de [leur] pertinence ». Et pour éviter ce qu'il appelle « les recherches appliquées non applicables ».

Bonne idée mais qui risque de mécontenter quelques fonctionnaires.

## XXXIV

## *La réforme… demain, promis !*

Coïncidence, le jour de 2005 où l'abbé Pierre admit qu'il avait commis le péché de chair pendant sa jeunesse, le Premier ministre annonça solennellement son intention de moderniser l'État. Lequel des deux hommes semblait le plus crédible ?

Prononcez le mot « réforme » et la fonction publique réagit comme une dinde à l'approche des fêtes.

Selon les administrations, l'efficacité c'est, comme le titrait *Le Monde*, avec un effet comique involontaire : « Guichet unique pour les pôles de compétitivité », pour nous expliquer comment ces 66 nouveaux pôles permettraient de renouer avec la gloire du TGV, du Concorde et des cartes à puce. Bien sûr, des aides à la recherche existaient déjà, mais « les procédures d'attribution », pour citer l'article de ce quotidien dont le langage n'est habituellement accessible qu'aux hauts fonctionnaires, avaient été critiquées pour leur « complexité ». Non, sans blague ! Alors, cette fois, pour sauver la France, on entendait simplifier le processus. Comment ? En ajoutant un nouvel organisme, le CIACT, à ceux déjà sur pied, notamment l'AII, l'ANR, l'Oseo-Anvar[1] et la bonne vieille Caisse des dépôts et consignations, ce fidèle caniche de l'État.

En lisant ces détails, une déception plus que légère m'envahit, un peu comme lorsqu'on m'informe que « Vous venez de gagner 5 millions d'euros !!! » mais que je vois que la lettre est adressée à « l'occupant » et que l'on me réclame 49,50 euros de frais de dossier pour participer au tirage. Le problème avec cette nouvelle réforme expliquée par *Le Monde*, c'est que le reste de la France est toujours couvert de milliers de pôles de non-compétitivité, soumis aux guichets multiples, aux charges à plein pot et au manque d'investissement.

À mon avis, toute volonté de changement n'est que transitoire dans l'Hexagone, comme ces cancéreux agonisants qui cachent leurs clopes en voyant venir le prêtre. Ce refus de modernisation est tout d'abord historique : les Français, qui ont fait 1789, 1830, 1848, 1871, 1936, 1968, 1995 et maintenant 2006 (l'anti-CPE) sont carrément essoufflés. Et puis par fierté nationale, ils ne reconnaissent aucune autre révolution, et surtout pas celle de Margaret Thatcher commencée en 1984.

1. Je vous fais grâce des noms qui se cachent derrière ces sigles.

Depuis que l'*Iron Lady* a battu les syndicats de mineurs, les syndicats des fonctionnaires en France se bornent à expliquer pourquoi la réforme anglaise ne marche pas (« que des boulots précaires »).

D'ailleurs, *tous* les meilleurs exemples de réforme à l'étranger sont rejetés en bloc, car la France tient à rester exceptionnelle. Les Canadiens ont réduit leur fonction publique de 15 % ? Leurs services publics en ont pâti ! Les Suédois ont taillé leur secteur public de moitié ? Ce sont des Nordiques sans imagination ! Les Italiens sont passés d'un fonctionnaire pour quatre personnes (le taux actuellement en France) à un pour cinq ? Ces salauds ont provoqué notre Zidane en finale.

La médaille d'or des *refuzniks* peut être attribuée au *Monde diplomatique* qui, dans une logique qui mêle curieusement rancune jacobine et jalousie sociale, observe que s'attaquer aux « privilèges » des fonctionnaires est injuste tant que les chefs d'entreprise jouissent des stock-options. Traduction : contre les excès du capitalisme, l'inefficacité de l'État s'impose.

Mais il est vrai que la France des fonctionnaires écoute la Cour des comptes et les autres réformateurs comme George Bush prête l'oreille au reste du monde. Et puis, le public se contente de promesses, sans suite. Ou de bidules comme la déclaration préremplie. Quel progrès ! Comme un toubib qui soignerait votre crise cardiaque avec un bain de bouche au Synthol.

La réforme est possible ! Dans les milieux gouvernementaux, on évoque la Lolf, la Loi organique relative aux lois de finances, qui permettrait au budget de l'État de devenir « une maison de verre ». Et mon cul, c'est du poulet !

« La loi déçoit, et les indicateurs de productivité se révèlent inexistants », explique d'ailleurs l'économiste Patrick Artus. Une chose est sûre : la France a au moins cinq ans de retard avec la Lolf par rapport à la Suède ou à l'Angleterre.

Certes, le public français sait écouter les réformistes, mais à condition que ce ne soit pas les leurs. Michael Moore est un dieu ici, surtout parce qu'il n'a rien à dire sur la France. Et Ralph Nader, qui s'attaqua aux multinationales uniquement américaines, fut un héros.

Mais les cassandres de l'Hexagone ? Ils nous cassent les pieds, ceux-là, avec leurs statistiques et leur « haro » sur la dette nationale ! Jacques Marseille, le pape des réformistes, a dix fois plus raison qu'un Nader, mais il est autant aimé qu'un père Fouettard. Idem pour Éric Le Boucher, Jean-Robert Pitte et Bernard Spitz qui préviennent que les milliards engloutis dans la fonction publique plomberont la France. Et Michel Camdessus avec sa modeste et saine proposition qu'on ne remplace qu'un fonctionnaire sur trois partant à la retraite ? Quel hallucinogène prend-il, ce mec ?

« On ne veut pas gâcher la fête, le plaisir de vivre. La vie est agréable en France, et pour cela on évite de parler des vrais chiffres de la dette », explique Jacques Bourgault, un spécialiste de la réforme, au Canada.

Si la modernisation arrive en France, ce sera tout doucement, prévoit Stanley Hoffman, un professeur à Harvard qui observe la France depuis longtemps. Selon lui, « L'État a été colonisé par les fonctionnaires et leurs syndicats, ce qui empêche tout changement drastique. » Mais lui et quelques autres perçoivent des signes positifs. « Pour chaque révolutionnaire qui pose pour les caméras devant la Sorbonne, il existe à l'opposé un technocrate bien formé qui dans l'anonymat fait avancer patiemment des réformes », affirme même Peter Gumbel, un journaliste spécialiste de l'économie de l'hebdomadaire américain *Time.*

Et puis, des réformes d'efficacité existent, à petite échelle, comme dans les hôpitaux de Paris. Rose-Marie van Lerberghe, ex-cadre chez Danone, a simplifié les opérations dans 38 hôpitaux. Elle a comprimé le réseau de 208 laboratoires qui assuraient les analyses sanguines. Le nombre de fournisseurs de poulet pour les cantines a été réduit de 29 à 2. Elle a fait intervenir le consultant McKinsey à l'hôpital Beaujon pour faire baisser le temps d'attente pour des soins de 40 %.

Et même le ministère des Finances, cette forteresse anti-réforme, cède progressivement du terrain concernant ses propres effectifs. « Je préfère des réformes progressives », raconte Bruno Parent, haut fonctionnaire du ministère chargé des changements justement. Une évolution si progressive que l'on compte toujours 180 000 agents des Finances. Avec la même logique, la Suède qui est six fois moins peuplée que la France devrait employer 30 000 personnes pour gérer ses finances. Ils ne sont que 300, ministre compris !

La première des réformes, la plus urgente, c'est certainement de réformer le sens du mot réforme dans l'esprit des fonctionnaires. Mais ça, c'est carrément une révolution !

## XXXV

## *Ciel ! Un PV !*

Un PV ! Sur le pare-brise de ma voiture garée à côté du Panthéon, j'aperçois l'odieux petit rectangle vert. D'ailleurs, je ne vois *que* ça, malgré cette belle journée de fin d'été. Le ciel me tombe sur la tête, car ma voiture est garée *en toute légalité.* Pour une fois. J'occupe la dernière place, juste à côté de la rue Clotaire, et mon véhicule ne touche même pas la ligne blanche. Ce procès-verbal me fait le même effet qu'un crucifix sur Dracula. Je suffoque, manque d'oxygène, m'effondre.

Il faut savoir que j'ai toujours payé mes PV, parce que je suis originaire de l'Ohio. Dans cet État, on ne supporte pas les diplomates de l'ONU, simplement parce qu'ils profitent de leur statut pour ne pas payer leurs PV. Enfin, c'est ce qu'on dit. Alors, imaginez mon désarroi quand je suis arrivé pour m'installer à Paris, un endroit où *personne* ne paie ses PV.

« Tu vis ici depuis assez longtemps pour comprendre qu'il y aura une amnistie pour les PV de stationnement. T'es trop con ! », se moque Jean-Paul avec sa finesse habituelle.

Même Emmanuel estime qu'il ne faut pas pousser le civisme jusqu'à cette folie. Mais je m'en fous des élections. Ce que je réclame maintenant, c'est la justice. Et je vais me battre contre ce PV de la honte.

C'est un droit. L'agent 348XXX — j'occulte les trois derniers chiffres de son code de service par pure bonté — qui a dressé ce PV injustifié ne gagnera pas.

Je décide d'attaquer en commençant par le réceptionniste de l'hôtel situé en face de ma place de stationnement. Je l'invite à faire un pas dehors pour témoigner que ma voiture est bien garée, légalement. Mais cela n'a pas l'air de le passionner, ce couard, et il refuse de bouger. J'ai une autre idée : faire une photo de la voiture, légalement garée. Une photo, c'est une preuve, non ?

« Ils vont dire que t'as déplacé la voiture et fait la photo après coup. C'est pas une preuve, non ! », me fait remarquer Jean-Paul.

Je dois admettre qu'il a raison : les magistrats sont eux aussi fonctionnaires et méfiants.

« Et un huissier ?

— Idem », répond Jean-Paul.

Je ressens alors une certaine amertume, surtout lorsque je pense au système de PV en France, truffé de failles, côté mauvais payeurs et côté incompétences administratives liées aux fonctionnaires. On pousse les agents à « faire du chiffre » ;

on envoie toujours les PV majorés à l'ancien propriétaire d'un véhicule vendu depuis des mois ; il y a un recouvrement très inégal des amendes ; le médiateur de la République promet d'intervenir ; le gouvernement parle de l'automatisation des PV de stationnement, etc. Un vrai merdier ! D'autant plus que le traitement administratif moyen d'un PV revient à 12 euros et qu'avec tous ces PV de base à 11 euros, l'État est perdant !

Je me rabats alors sur l'idée d'une lettre, mais pas n'importe laquelle. Ce sera un « J'accuse ! » qui fera date dans l'histoire des contestations de PV. Je vais rédiger une lettre sublime, digne de Bossuet, sans même avoir recours à mon livre de lettres types.

Dans ma protestation, que je montre à plusieurs amis français plutôt lettrés, j'évoque les circonstances du PV et ma surprise devant une telle injustice. Je ne peux m'empêcher de poignarder une faute d'orthographe de l'agent 348XXX, qui a écrit « stationnement *génant* en pleine voie de circulation », en plaçant un *sic* après son erreur dans mon texte.

« À mon avis, tu enlèves ça. T'as l'air de narguer toute la fonction publique, de les traiter de sous-éduqués », me prévient Jean-Paul.

En fin de compte, je lui donne raison. Tous mes autres amis me conseillent également des petites modifs, si bien que mon « J'accuse » n'accuse plus grand-chose, ni grand monde.

Après l'avoir posté, je ne suis pourtant pas très

serein. À chaque fois que je croise des contractuels dans le quartier, je me demande : « Était-ce lui ou était-ce elle ? » comme dans ces villages où l'on soupçonne tout le monde d'être le corbeau. En déambulant dans les rues de la capitale, je constate que je ne suis pas le seul à souffrir de l'arbitraire des fonctionnaires du stationnement. Derrière le pare-brise d'une Volkswagen garée rue Racine, on peut lire ce panonceau à destination des pervenches : « Le ticket est *affiché* sous la carte "Résident" au-dessus de la vignette "Assurance". » Une grosse flèche rouge indiquant l'emplacement dudit ticket, comme si les fonctionnaires étaient tous idiots. Cet automobiliste a lui aussi dû recevoir un PV injustifié. Mon semblable, mon frère, *mi hermano ! Luchemos para la revolución.* Si seulement le Che était encore en vie…

Mon martyre de PV me fait entrer dans une sorte de confrérie de victimes des pervenches. Avec intérêt, je dévore dans *Le Nouvel Observateur* un article sur le long combat d'un certain Lucien Blacher, chevalier de l'Ordre national du Mérite, dont la voiture fut envoyée à la fourrière bien que légalement garée. Sur sa contravention, afin de justifier l'enlèvement, l'agent avait inscrit une adresse située de l'autre côté de la rue. Mais le sieur Blacher a fait appel au maire de son arrondissement, puis au maire de Paris, et même au Premier ministre. Tout ça pour enfin arriver devant un juge somnolent, qui l'obligea à payer le montant initial de 35 euros, « compte tenu de (ses) services » — Blacher est également un ancien combattant —, plus 22 euros de frais de justice. « Le racket de ma voiture m'a été pénible, mais moins que ce simulacre de tribunal », raconte désabusé ce paisible retraité de 69 ans.

Et moi, sans Ordre national du Mérite, quelles sont mes chances de réussir ?

« Si tu veux, me propose Géraldine, une amie, je peux te présenter un avocat qui s'occupe des PV ! »

En effet, j'ai entendu dire que moyennant une somme forfaitaire de 1 000 euros par an (voire plus), on peut se garer où l'on veut à Paris. En fin de mois, on envoie simplement ses PV à son juriste pistonné qui se charge de les faire disparaître. Une « solution » tout de même onéreuse.

Sept jours après l'envoi de ma missive de protestation, je reçois une réponse de la préfecture. Un temps record ! « L'infraction a été régulièrement constatée », m'informe Marie-Pierre Nicolau, au nom du directeur de la Police urbaine de proximité. Elle m'invite à payer l'amende, sans même un petit mot de félicitations pour ma plume en langue française. J'ai perdu.

Impressionné par la célérité de cette réponse (mon incarcération à la Santé pourrait-elle avoir lieu dans les mêmes délais ?), je me résigne à faire un chèque pour oublier, au plus vite, ce PV injuste. Je n'ai ni le courage ni le temps d'un M. Blacher.

Quelques semaines plus tard, je pars pour un

court séjour à l'étranger, et pendant ce déplacement, je laisse la voiture tranquillement garée dans la rue. Mais dans la confusion du départ, j'oublie que je vais rentrer à Paris vingt-quatre heures après la fin de la validité de mon ticket de stationnement — je m'en aperçois dans l'avion à Roissy. Trop tard. J'aurai droit à un PV sur le pare-brise à mon retour ! J'essaie de ne pas y penser, mais cette pensée amère me plombera en partie mes vacances. Pire qu'une turista, une amende de 11 euros a le pouvoir de vous gâcher un séjour à 900 euros !

Le jour de mon retour, je cours vers ma voiture. Surprise ! Aucun PV sur le pare-brise ! Serait-il tombé dans le caniveau ? Je regarde partout, mais rien.

Après maintes réflexions, une idée un peu saugrenue me traverse l'esprit : et si j'étais l'heureux bénéficiaire d'une largesse de la part des pervenches qui doivent très bien connaître ma voiture puisqu'elle est souvent garée à la même place pendant deux semaines de suite ? Auraient-elles décidé de pardonner mon oubli d'un jour ? Leur bonté, leur humanité même démontrent à quel point je me suis trompé sur leur compte. J'ai honte de moi. Je n'ose plus me regarder dans le rétroviseur. Pour m'excuser de toutes mes mauvaises pensées à leur encontre, je laisse un petit Post-It disant « Merci » à l'intérieur de mon véhicule, contre le pare-brise.

Désormais, j'observe les contractuels de plus

près dans le quartier. Une fois, alors que je prends un café avec Alain, un producteur de cinéma, celui-ci perd le fil de la conversation pour subitement se préoccuper de sa voiture, garée juste en face sur un emplacement « Livraisons ». Des pervenches sont arrivées, mais l'une d'entre elles a posé sa main sur le capot de la voiture et, sans dresser de PV, elles ont continué leur route comme si de rien n'était. Soulagé, Alain m'a expliqué qu'elle voulait savoir si le capot était encore chaud, ce qui signifiait un arrêt de courte durée, donc toléré. Si au prochain passage, son véhicule était encore à cette place, il mériterait le rectangle vert.

Cette manière pragmatique d'appliquer la loi me rappelle le comportement des troupes françaises que j'ai croisées en mission de maintien de la paix : toujours plus prêtes que nos soldats américains à exercer leur jugement personnel dans chaque situation.

Un mois plus tard, je suis réveillé très tôt au téléphone par une femme agent de police qui me prie de déplacer ma voiture. Je m'exécute à toute vitesse, à peine habillé, découvrant que mon véhicule est presque le dernier sur la place. Les « dépanneuses » de la fourrière rôdent pour enlever les voitures des automobilistes qui n'ont pas fait attention aux nombreux avis signalant depuis une semaine qu'une cérémonie officielle est prévue ce jour.

« Normalement, on aurait dû enlever votre véhicule, m'explique la policière antillaise qui est sur place. Mais il est garé tout contre le trottoir, et notre manœuvre aurait abîmé le spoiler avant. J'ai préféré vous téléphoner. »

Une simple petite courtoisie de routine pour elle. Une véritable aubaine pour moi, surtout si je repense à comment ma voiture avait été bousillée en 1974 par un camion-remorqueur de la ville de New York, cette ville de toutes les impolitesses.

J'ai chaleureusement remercié cette merveilleuse fonctionnaire française.

C'est sûr, avec elle, j'aurais pu vivre heureux.

# XXXVI

## *Le mot de la fin*

Ai-je été trop dur ? Pourtant, je le jure, je ne partage pas l'avis d'un de vos leaders pour qui les fonctionnaires sont « accrochés comme des moules au rocher », et je ne vous ai tout de même pas traités de « pays de Tanguy ».

En plus, pour chaque critique des fonctionnaires, on trouve un contre-exemple. De courageux serviteurs du bien public, comme l'obstiné Renaud van Ruymbeke. Ou un Claude Sérillon qui paya le prix fort pour son interview sans concession d'un Premier ministre. Et partout, de simples fonctionnaires qui restent polis, patients et accessibles.

Le débat tourne non pas autour des individus, mais sur un phénomène qui n'a pas son équivalent dans les autres nations développées : la fonction publique est si omnipotente qu'elle risque d'étouffer tout le reste du pays.

L'ère des conquêtes napoléoniennes et coloniales loin derrière nous, beaucoup de Français considèrent maintenant leurs administrations comme garantes d'une société aussi stable et réglée que cet « âge d'or de la sécurité » de l'Empire austro-hongrois décrit par Stefan Zweig dans *Le Monde d'hier*. Un empire qui disparut seulement vingt ans après cette « belle époque ». Je me demande, en effet, si le règne des fonctionnaires n'a pas de lien direct avec un certain déclin français.

Les historiens prétendent que chaque grande civilisation contient le germe de sa chute, comme pour les Romains et leurs tyrans ou les Ottomans et leur refus du modernisme. Personne ne voudrait voir la France devenir une deuxième Venise, un objet de beauté historique sous cloche et sans poids réel dans le monde actuel. Mais on peut craindre que le pays ne prenne cette direction. L'historien Jared Diamond, auteur d'*Effondrement*, explique que les civilisations organisent seules leur disparition ou leur survie : les Mayas, les Vikings du Groenland et les indigènes de l'île de Pâques furent les victimes de leur propre mauvais management. Nul besoin d'ennemis. Est-il possible d'envisager que cet amour du secteur public hypertrophié soit votre talon d'Achille ? Comme l'a dit l'historien romain Tacite : « *Galli si non dissenserint, vix vinci possint* » (Heureusement que ces Gaulois se bouffent le nez en continu, sinon on ne pourrait rien contre eux).

Quant à moi, je suis devenu français depuis ces dernières années, pas officiellement — j'ai toujours un passeport américain —, mais parce que j'ai été mis au pas par vos administrations. Quand on vit dans l'Hexagone, c'est aussi naturel que le déjeuner à 13 heures.

Mais cela ne m'empêche pas de songer à une autre France. Dans ce rêve façon Martin Luther King, j'aperçois un pays moins plombé par sa paperasse, par ses administrations multiples, par ses caisses sans fin, ses règles à l'infini, ses placards bourrés de documents à conserver, ses cotisations en cascade. Une France où l'imagination, la créativité et l'énergie des citoyens seraient déchaînées, où le mot « précarité » perdrait sa fonction d'épouvantail aux changements. Une nation où l'on compterait sur le travail et le talent d'un peuple exceptionnel pour garantir le futur, plutôt que sur les fruits de la redistribution. Je vois des prix Nobel qui tombent, des brevets à foison, des entreprises et des start-up à chaque coin de rue. Une France qui gagne, gagne, gagne…

Et puis, je me réveille en sursaut : Eh merde ! le tiers provisionnel…

## DU MÊME AUTEUR

*Aux Éditions Michalon*

SACRÉS FRANÇAIS ! UN AMÉRICAIN NOUS REGARDE, 2003 (Folio Documents n° 17)

SACRÉS AMÉRICAINS ! NOUS, LES YANKEES, ON EST COMME ÇA, 2004 (Folio Documents n° 28)

UN AMÉRICAIN EN PICARDIE. SACRÉS FRANÇAIS, LE ROMAN ! 2005 (Folio n° 4632)

SACRÉS FONCTIONNAIRES ! UN AMÉRICAIN FACE À NOTRE BUREAUCRATIE, 2006 (Folio Documents n° 45)

SACRÉE MAISON-BLANCHE !, 2008

*Composition Nord Compo.*
*Impression Bussière*
*à Saint-Amand (Cher), le 21 août 2008.*
*Dépôt légal : août 2008.*
*Numéro d'imprimeur : 082539/1.*
ISBN 978-2-07-034461-1./Imprimé en France.

149293